전능의 팔찌

THE OMNIPOTENT BRACELET

전능의 팔찌 2부 28

김현석 현대 판타지 장편소설

초판 1쇄 찍은 날 § 2026년 1월 23일
초판 1쇄 펴낸 날 § 2026년 1월 30일

지은이 § 김현석
펴낸이 § 서경석

총괄팀장 § 황창선
편집책임 § 박현성
디자인 § 스튜디오 이너스

펴낸곳 § 도서출판 청어람
등록번호 § 제387-1999-000006호
등록일자 § 1999. 5. 31
어람번호 § 제1-3249호

본사 § 경기도 부천시 부일로 483번길 40 서경B/D 3F (우) 14640
편집부 § 서울특별시 구로구 디지털로 272 한신IT타워 404호 (우) 08389
전화 § 02-6956-0531 팩스 § 02-6956-0532
http://www.chungeoram.com
E-mail § chungeorambook@daum.net

ISBN 979-11-04-92549-8 04810
ISBN 979-11-04-92499-6 (세트)

ODERN FANTASTIC STORY
전능의 팔찌
THE OMNIPOTENT BRACELET
2부
김현석 현대 판타지 소설
28
도서출판
청어람

전능의 팔찌 2부
THE OMNIPOTENT
BRACELET

목차

28권

Chapter 01

구도장원공

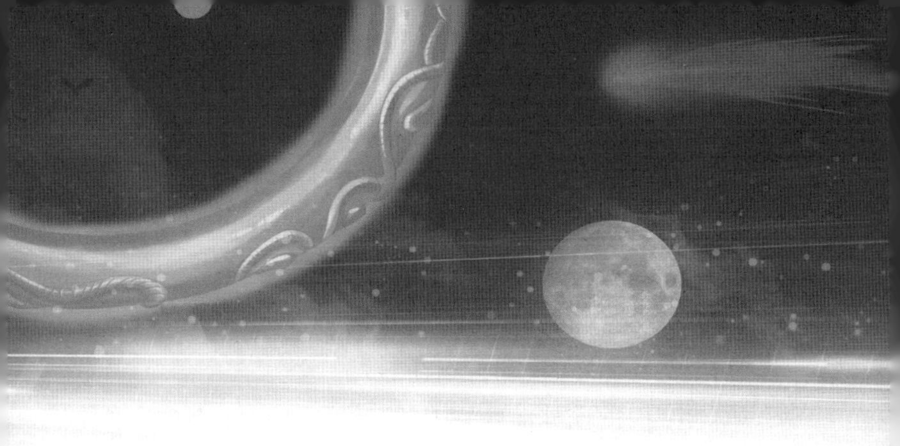

율곡 이이는 조선에 하나뿐인 구도장원공이다. 과거를 봐서 아홉 번이나 장원을 차지하여 생긴 일종의 별명이다.

13세 : 진사과 초시 장원

21세 : 진사과 복시 장원

23세 : 별시 초시 장원

29세 : 생원과 초시와 복시, 진사과 초시, 대과 초시와 복시, 전시(殿試)[1] 장원

1) 전시(殿試) : 임금 앞에서 치르는 최종시험, 알성시(謁聖試)라고도 함

그런데 모든 시험에서 장원을 차지한 것은 아니다.

21세에 장원을 했던 진사과 복시를 29세에 한 번 더 응시했지만 장원은 못 하고 통과만 했던 것이다.

참고로, 생원시와 진사시는 소과(小科)에 속한다. 이를 통과해야 성균관 입학 자격이 주어진다.

대과(大科)는 초시(初試), 복시(覆試), 전시(殿試)의 순으로 시험을 치른다. 한편, 별시(別試)는 특별사유가 있을 때 치러지는 비정기적인 과거시험이다.

참고로, 성균관은 조선의 최고학부였으며, 대과를 잘 치르기 위해 입학하는 일종의 기숙학교였다.

이쯤해서 생각해볼 일이 있다.

어떤 학생이 대입수학능력시험을 치렀는데 전 과목 만점을 받아 단독으로 전국 수석 타이틀을 차지했다.

대단히 우수한 실력을 가진 학생이 분명하다.

이 학생이 중학교 졸업 검정고시와 고등학교 졸업 검정고시를 치르면 몇 등이나 할까?

그리고 이 학생의 실력은 며칠 사이에 사라지는 것이 아니다. 갑작스레 뇌에 문제가 생기거나 치매에 걸리지 않는 이상 가진 지식은 고스란히 뇌에 새겨져 있다.

그 후로도 공부하기를 게을리 하지 않는다면 오히려 점점 더 실력이 좋아진다. 그러니 다음 해에 또 수능에 응시한다면 다시 전국수석 하는 일이 불가능하겠는가?

따라서 율곡이 아홉 번 응시하여 전부 장원을 차지한 것은 어쩌면 자연스러운 일이다.

조선에도 많은 천재들이 있었을 것이다.

1392년부터 1910년까지 518년 동안 숱한 과거시험이 치러졌고, 그때마다 장원 급제자가 배출되었다.

그런데 그 사람이 다음에 또 응시했다면 거듭 장원을 하지 않았을까? 그럼에도 이이가 유일한 구도장원공인 이유는 다른 급제자들은 다시 응시할 이유가 없었기 때문일 것이다.

실제로 이이는 정적(政敵)들의 많은 비난을 받았다.

이미 합격하여 안 쳐도 되는 시험까지 억지로 중복 응시를 감행했기 때문이다.

조선의 과거시험은 입격자 수가 정해져 있다.

그러니 이이가 장원이라는 타이틀에 지나치게 집착하여 다른 사람의 기회를 빼앗은 것을 좋게 보지 않았던 것이다.

어쨌든 이이가 뛰어난 두뇌의 소유자라는 것은 인정된다.

아홉 번이나 과거시험을 통해 천재성을 유감없이 드러냈다는 것만은 부정할 수 없는 사실이기 때문이다.

그럼에도 신사임당이 5만 원권 화폐 모델로 남는다는 것은 반드시 혁파(革罷)[2] 되어야 마땅하다.

그리고 그 자리엔 훨씬 더 적합한 모델이 들어가야 한다.

5만 원권은 대한민국의 최고액권이다.

---

2) 혁파(革罷) : 묵은 기구, 제도, 법령 따위를 없애는 것

따라서 누가 봐도 1만 원권 지폐의 세종대왕과 100원짜리 동전의 이순신 장군보다 뛰어난 인물이거나 상징이 모델이어야 함은 당연한 일 아니겠는가!

단군왕검이나 치우천황을 추천하면 신화라 치부하는 것들이 입에 거품을 물고 반대할 것이다. 주로 일본 제국주의 식민사관에 젖은 개새끼들이 그런 짓을 한다.

그놈들도 광개토태왕만큼은 크게 반대하지 못할 것이나 안타깝게도 초상화가 전해져 오지 않고 있다.

그렇다 하여 상상화를 넣을 수는 없다.

이 대목에서 확실히 짚을 것이 있다. 광개토대왕이 아니라 '태왕' 이라는 것이다.

그분의 시호(諡號)[3] 인 국강상광개토경평안호태왕(國岡上廣開土境平安好太王)을 줄인 칭호이기 때문이다.

그리고 우리 민족 역사상 가장 광활한 영토를 확보하셨으니 대왕보다는 태왕이 더 어울린다.

참고로, 대(大)와 태(太) 모두 크다는 뜻을 가진 한자이다. 하지만 쓰임이 다르다.

'대' 는 크다, 작다를 나타내는 상대적인 것이다.

한편, '태' 는 상대적인 것을 넘어 형이상학적인 의미를 내포하고 있다. 국기인 태극기의 명칭이 대극기가 아닌 것이 이

3) 시호(諡號) : 제왕 등 뛰어난 인물의 사망 후 그의 공덕을 칭송하여 추증(追贈)하는 칭호

때문이 아닐까 싶다.

아무튼 최고액권 지폐의 모델은 앞면에 태극기, 뒷면에 무궁화를 넣는 것이 좋을 듯하다.

혹자는 한반도를 넣거나 백두산을 넣자고 할 수도 있다. 영토를 영구히 한반도에 국한하고 싶으면 그렇게 해도 된다.

그리고 백두산은 이실리프 왕국의 영토가 될 예정이다. 이웃이긴 하지만 대한민국과는 완전히 다른 국가이다.

따라서 백두산은 넣을 수 없다. 자칫 왕국과의 선린우호관계에 금이 가는 빌미가 될 수 있기 때문이다.

하지만 태극기와 무궁화는 이실리프 왕국과 관계없다.

그리고 누가 감히 국기(國旗)와 국화(國花)보다 우위를 점할 수 있겠는가! 이를 반대하는 것은 대한민국이라는 나라 자체를 부정하는 것이나 다름없다.

그러므로 조폐공사는 한시 바삐 5만 원권 모델을 교체해야 할 것이다.

'폐하! 혹시 잊으신 것이 없는지요?'

'잊어? 내가? 뭘?'

폭주족과 무단 횡단자, 그리고 진상짓 하는 것들에 대한 처벌에 관한 이야기를 하던 중이었다.

'폐하께서 매우 혐오하는 범죄가 있잖습니까.'

'사기?'

'네! 보험 사기꾼들에 대한 처벌 기준도 말씀해주세요.'

보험사기는 그 수법이 너무나 많고, 교묘하다.

금융감독원은 지난해 보험사기 적발금액이 9,000억 원을 넘겼다고 발표했다. 하마터면 1조 원을 넘을 뻔했다.

적발된 인원은 9만 7,000여 명이다. 회사원, 무직, 일용직, 전업주부, 학생 등이 망라되어 있다.

보험사기가 점점 더 지능화되고, 다양화된 것엔 여러 요인이 있다. 반면, 이들의 공통점은 금전적 유혹을 이기지 못했고, 도덕적 해이를 저질렀다는 것이다.

이로 인해 다수의 선량한 보험계약자들이 더 많은 돈을 지불해야 한다.

보험사기가 증가하면 보험회사는 점점 더 지급기준을 까다롭게 만든다. 그러면 정말 보험금을 받아야 할 사례임에도 기준에 못 미쳐 받지 못하는 경우가 발생하게 된다.

보험료를 납입하고도 그 혜택을 받지 못하는 억울한 사람이 생기는 것이다.

이 같은 일이 점점 더 많아지는 것은 결코 권장할 만하지 않다. 따라서 보험사기를 저질렀거나 획책하는 것들을 한시바삐 솎아줘야 한다.

호박이나 토마토 같은 작물을 재배할 때 '순치기'를 해주지 않으면 너무 무성히 자라나 통제 불능이 된다.

순치기는 '순 지르기, 곁눈 따기'라고도 칭하는데 식물의 웃자람을 막을 수 있고, 영양생장을 촉진하여 꽃이나 열매의 품질이 높아지게 하기 위함이 목적이다.

사람 사는 세상도 이러하다.

멀쩡한 사람들 사이에 개나 줘버려야 할 정도로 나쁜 것들이 마구잡이로 섞여 있다. 사기꾼이 그중 하나이다.

겉보기엔 멀쩡하지만 속은 아주 썩은 놈이다.

남들처럼 애써 노력하여 결실을 얻으려 하지 않고 늘 큰 거 한탕만을 꿈꾼다. 그러기 위해 선량한 사람들을 속여 이득을 꾀한다. 사회를 좀먹는 인간쓰레기인 것이다.

현수가 가장 혐오하는 범죄가 바로 사기(詐欺)이다. 하여 도로시는 아주 강력한 처벌을 예상하고 있다.

'어떻게 할까? 바로 데스봇 레벨 10 어때?'

역시나이다! 단 하루의 휴일두 없이 매일 12번씩 끔찍한 고통에 겨워 몸부림치게 하자고 한다.

한 번에 30분씩 엄습하는 것이니 하루의 4분의 1인 6시간이나 목이 터져라 비명을 질러야 한다.

그 시간이 지나 고통이 사라져도 금방 일어설 수 없다.

몸부림치는 동안 팔다리 근육 등에 무리가 가서 그러하다.

눈물과 콧물을 질질 흘리는 한편 거의 100% 소변을 지리고, 가끔은 똥도 싼다. 당연히 냄새나고 더럽다.

하여 씻어야 하는데 일어설 수 없어 아주 곤혹스런 시간을 보내게 된다.

씻고 나오더라도 방심할 수 없다. 언제 또 고통이 시작될지 모르는 탓이다. 하여 잔뜩 겁먹은 채 시간을 보낸다.

멀쩡히 숨을 쉬고 있기는 하지만 살았다고 할 수 없는 삶이다. 주말이나 공휴일을 가리지 않고 매일매일 비명을 지르고 발버둥 쳐야 하기 때문이다.

공포영화가 무섭게 느껴지는 이유는 언제, 어디서, 어떤 존재가, 어떤 방식으로 튀어나올지 모르기 때문이다.

고통이 엄습하는 것 또한 그러하다.

언제 시작할지 알 수 없고, 어디가 특히 심하게 고통스러울지 전혀 감 잡을 수 없다.

한 가지 공통된 점이 있으니 그건 비명이 저절로 터져 나온다는 것이다. 그렇다고 고통 때문에 뇌의 기능이 멈추거나 심장이 마비되는 등의 일은 없다.

인간이 감내할 수 있는 가장 마지막인 고통이기 때문이다.

하여 늘 긴장하고 있어야 한다. 가끔은 침 삼키는 것조차 두려워해야 한다. 그러다 고통이 시작될 수 있는 탓이다.

'처음부터 레벨 10으로 하면 금방 죽지 않을까요?'

에이프릴 증후군이 대한민국 전역으로 번져나가기 시작할 무렵, 너무 고통스러워 자살하는 자들이 상당히 많았다.

고통 때문에 매일 몸부림치느니 차라리 죽는 게 낫다는 생각을 한 결과이다.

그중 가장 쉬운 방법은 고층 건물에서 창문을 열고 뛰어내리는 것이다. 그러면 거의 100% 목적을 이룬다.

일부는 매우 심각한 중상을 입어 병원으로 실려 갔다. 그런데 거기서 수술하던 도중 통증이 엄습하면 난리가 난다.

의료진 전부 황급히 물러나 환자가 발버둥치는 모습을 지켜봐야 하는 때문이다.

수술 전에 전신 마취를 하고 시작함에도 워낙 통증이 강해 의식이 돌아오는 것이다.

배를 갈라놨다면 쏟아져 나온 창자가 수술대 아래로 흘러내리는 모습을 봐야 한다. 너무 강렬한 통증이라 갈라놓은 배에서 느껴지는 건 통증 축에도 못 드는 모양이다.

이런 와중에도 비명을 지르며 괴로워한다.

지켜보는 의료진들의 얼굴엔 공포감이 어린다. 얼마나 아프면 저럴까 싶은데 혹시라도 전염될까 두렵다.

통증이 잦아들었다 싶으면 다시 수술에 임하지만 대부분 수술대 위에서 사망했다.

바닥에 질질 끌리던 창자를 환자 본인이 몸부림치는 와중에 저도 모르게 잡아 당겨 끊어놓는 경우도 있었다.

어쨌거나 뒈진 놈은 그렇다 쳐도 추락현장 인근을 멀쩡히 걸어가던 사람들이 문제이다.

갑작스레 들리는 '빡', 또는 '빽' 소리에 시선을 돌려보면 두개골이 깨지는 등 엉망이 된 시신이 눈에 뜨인다.

특히 강남, 서초, 송파구와 분당 등지의 고층 아파트 단지에서 이런 일이 매우 잦았다.

시신을 목격한 사람 중 일부는 '외상 후 스트레스 장애'를 염려해야 할 정도가 되어 정신과 진료를 받기도 했다. 그래서 현재는 거의 모든 아파트의 베란다 창이 조금만 열린다.

간신히 환기할 정도는 열리지만 사람이 드나들 정도로는 안 열리게 조치한 것이다.

너무 많은 사람이 심적 고통에 시달리자 입주자 대표회의 의결에 따라 관리사무실에서 모든 창을 그렇게 하였다.

'사기가 살인보다 더 나쁘지?'

'그렇죠. 알죠! 그래도 레벨 10은 조금 그래요.'

'그래? 그럼 얼마가 적당해?'

'레벨 6으로 시작하는 건 어떤가요?'

'으음…, 그래! 그렇게 하도록 해.'

'넵! 지시대로 합니다.'

'대신 매달 레벨을 하나씩 올려.'

레벨 6에서 시작하여 10에 이르기까지 4개월이 걸린다. 그리고 레벨 10으로도 최소 한 달은 있어야 한다.

결과적으로 아무리 적어도 5개월은 죽을 것 같은 걸 느껴보라는 것이다.

돈이 많건 적건, 많이 배웠건 아니건, 체격이 크건 작건, 남자이건 여자이건, 인종이 같든 다르든 딱 하나만은 공통된 것이 있다. 그것은 시간이다.

누구에게나 하루는 24시간이다. 이를 환산하면 1일 1,440분이며, 8만 6,400초이다.

어려선 빨리 시간이 지나가 성인이 되길 원하고, 늙으면 세월이 쏜살처럼 지나간다고 한탄한다.

그런데 데스봇이 투여된 자들에겐 하루가 상당히 길게 느껴진다. 체감으로 따지면 1,440시간쯤일 것이다.

1분이 1시간처럼 느껴지는 것이다.

같은 느낌이라면 하루가 60일이니 약 24년 7개월 정도를 지옥의 구렁텅이에 빠져 개고생하다 뒈지는 셈이다.

곧장 지옥으로 보낼 수 있다면 거기서 100억 년쯤 푹 썩게 하고 싶은데 애석하게도 염라대왕이랑 안면이 없다.

서양의 염라대왕은 하데스(Hades)이다.

크로노스(Kronos)[4] 와 레아(Rhea)의 아들이고, 제우스와 포세이돈의 형제이다. 아울러 명계(冥界)라 불리는 지하세계(황천)을 다스리는 신이다.

그런데 현수는 하데스와도 일면식이 없다.

그래서 나쁜 놈들을 지옥에 가둬놓고 100억 년쯤 괴롭혀달라는 부탁을 할 수 없다.

그러니 산 채로 그 경험을 하게 하려는 것이다.

모든 신경이 살아 있고, 뇌도 정상적으로 작동되는 상황에

4) 크로노스 : 하늘의 남신인 우라노스와 땅의 여신인 가이아 사이 태어난 최초 12명 티탄족 신 가운데 막내이자 지도자인 남신

서 겪는 것이니 지옥에서 느끼는 것보다 더할 것이다.

아무리 심한 고통을 겪는다 해도 그것으로 끝나지 않고 뒤를 이어 죽음이 온다고 생각할 것이기 때문이다.

어떤 인간이 죽음을 두려워하지 않겠는가!

그래서 미리 경험하는 지옥이라 하는데 이를 달리 표현하자면 '압축지옥' 쯤 된다. 말로 형언하기 힘들 정도의 고통을 굵고 짧게 경험해서 이렇게 표현하는 것이다.

그리고 그 뒤에는 존재 자체가 영구히 소멸된다.

'…알겠어요.'

사기꾼을 잡아 그 내용을 파악하는 한편, 증거를 모으는 등의 일을 하려면 꽤 많은 인력과 시간이 소모된다.

그 뒤 재판에 회부하게 되는데 여럿이 피곤하다. 검사, 판사, 수사관, 배심원, 법원 직원, 피해자 등이 그들이다.

사실 확인을 다시 해야 하고, 범인이 반박하면 그것까지 일일이 설파(說破)[5] 해야 하기 때문이다.

상당한 예산과 시간이 들어갈 일이다.

그런데 언제까지 범죄자들 때문에 아까운 혈세뿐만 아니라 여럿의 심력과 시간까지 낭비되어야 할까?

참으로 비효율적인 일이다.

이걸 도로시가 맡으면 전혀 그럴 필요가 없어진다.

사기꾼과 그 일가친척 전부의 계좌를 얼마든지 들여다볼

5) 설파(說破) : 상대편의 이론을 완전히 깨뜨려 뒤엎음. 어떤 내용을 듣는 사람이 납득하도록 분명하게 드러내어 말함

수 있다. 당연히 돈의 흐름 또한 100% 추적 가능하다.

이뿐만 아니라 사기 친 돈을 땅에 묻거나, 어딘가에 감추는 등의 행동까지 파악할 수 있다.

이를 전부 회수하면 피해금액의 일부라도 돌려줄 수 있다.

초고해상도 위성을 괜히 띄워놓은 게 아니다.

이것은 현 시점을 기준으로 하면 거의 오파츠나 다름없다.

지상을 기어가는 개미가 몇 마리든 각각의 특징까지 식별 가능하기 때문이다.

어마어마한 기술이 적용되어 있기에 지상의 모든 이미지는 물론이고, 독순술을 통해 대화 내용까지 파악할 수 있다.

심지어 집 안에서의 대화도 확인 가능하다. 음파가 일으킨 유리창의 진동을 통해 실시간으로 내용을 알 수 있다.

이와 별도로 아주 작은 비행 로봇을 보내 현장을 촬영할 뿐만 아니라 녹음까지 가능하다. 그래서 지하실처럼 폐쇄된 곳이라 할지라도 감시의 눈길을 피할 수 없다.

그러니 사기꾼이 획책하는 모든 것은 빼도 박도 못할 증거가 된다.

아무튼 도로시에 의해 사기 혐의가 확정되면 곧바로 데스봇이 투여된다. 시간만 질질 끌고 가끔은 용두사미처럼 집행유예나 선고하는 그런 거지같은 재판 따위는 없다.

데스봇이 투여되면 그때부터 지옥문이 열린다.

죽고 싶다는 마음이 절로 들을 정도로 고통스러울 것이다.

그런데 쉽게 죽을 수 없을 것이다. 손목과 발목 인대를 끊어서라도 그렇게 되도록 내버려두지 않는다.

그럼에도 무언가를 획책하려 하면 성대에도 문제가 생긴다. 단말마 비명은 지를 수 있지만 대화는 불가능하다.

살인보다 더 죄질이 나쁜 사기를 저지른 대가이다. 그렇게 끝없는 비명을 지르다 뒈지면 영혼까지 지워진다.

얼마나 긴 시간 동안 고통에 겨워 몸부림칠 것인지는 그간 지은 죄의 정도에 따라 다르다. 피해자가 있다면 그들의 분노가 모두 풀릴 때까지 계속 된다.

그러는 동안 모든 재산이 사라질 것이다. 허튼 짓으로 모은 돈이니 당연한 일이다.

아무튼 한국의 초상집 분위기는 아직 끝나지 않았다. 하여 입출국과 수출입 차단이 조금 더 길어질 모양이다. 그래도 체질개선에 꼭 필요한 시간이니 참고 견뎌야 할 것이다.

'그렇게 하면 최종적으로 얼마나 죽는 거야?'

'전체 인구의 20% 남짓 되지 않을까 싶어요.'

약 5,100만 명이었던 전체 인구가 4,080만 명 수준으로 줄어든다면 무려 1,020만 명이 벌 받아 뒈진다는 뜻이다.

세인들의 이맛살을 찌푸리게 했던 나쁜 놈들이 어마어마하게 많았다는 뜻이다.

이들 대부분은 소위 방귀 깨나 낀다는 자리에 있던 놈들이다. 정치인, 언론인, 법조인, 군인, 공무원, 교수 등이다.

대가리는 좋은데 그 좋은 두뇌를 악용했던 것들은 살아서 살벌한 지옥을 톡톡히 경험했다.

죽은 것들을 살펴보면 압도적으로 문과 출신이 많다.

그러니 앞으로는 이과 대 문과의 비율을 조금 더 이과 쪽으로 쏠리게 하는 편이 나을 듯싶다.

그리고 앞으로는 군(軍)과 문과 출신이 권력의 최상위에 오르는 것을 견제할 필요가 있다.

그럼에도 그렇게 된다면 실시간으로 감시한다. 그리고 조금이라도 허튼 짓을 하려고 하면 바로 데스봇 투여이다.

아무튼 문과에 속하게 되는 학생들에 대한 인성교육은 훨씬 더 강화해야 한다. 준법정신과 소통, 화합 등에 대한 기본 소양을 확실하게 갖추도록 해야 하는 것이다.

아울러 공정, 공평, 정의, 양심 등에 대한 의식도 고취해야 하고, 무엇보다 측은지심을 가질 수 있도록 해야 한다.

그러지 않으면 또 이전의 썩어빠진 정치인, 법조인, 언론인 등이 또 무더기로 양성된다.

모두 나라를 좀 먹는 기생충들이었다.

아무튼 나쁜 것들이 어마어마하게 많았음에도 대한민국은 개발도상국 지위에서 선진국으로 발돋움했다.

다수의 선량한 국민들이 거둔 위대한 성과이다.

6.25전쟁 직후의 한국은 완전한 폐허였다.

변변한 산업기반이라곤 눈을 씻고 찾아봐도 찾기 힘들 정도로 완벽하게 파괴되어 있었다.

게다가 기름 한 방울 안 나왔고, 각종 지하자원도 빈약한 자원빈국이라 여러모로 불리했다.

이때의 대한민국은 가나와 나이지리아에 비교되었다. 그래서 세계의 거의 모든 경제 전문가들은 이렇게 확신하였다.

가나와 나이지리아도 가난한 국가이지만 따뜻한 기후와 풍부한 천연자원이 있어 곧 부유하게 될 것이다.

하지만 한국은 척박한 자연환경을 가진데다 그마저도 전쟁으로 완전히 다 망가져버렸다.

그러니 그냥 가난한 것이 아니라 영원히 가난한 국가로 남아있게 될 것이다.

전문가들의 이 발언은 매우 비관적이었다. 그렇지만 아무도 반박할 수 없는 냉정한 평가였다.

그런데 이뿐만이 아니다.

한국은 호전적인 북한의 위협을 받으면서 길고긴 대치를 이어왔다. 국방이 국가의 가장 중요한 사안일 정도이다.

아울러 일본과 지나의 끊임없는 야욕을 견제해야 했으며, 미국의 온갖 참견까지 다 참고 견뎌내야 했다.

가히 설상가상(雪上加霜)인 상황이었던 것이다.

게다가 전호후랑(前虎後狼)인 형국이었다. '앞에는 호랑이,

뒤에는 늑대' 라는 뜻이다.

그런데 한두 마리가 아니다. 하여 사면초가(四面楚歌)인 상태로 지내왔다는 표현이 더 어울린다.

사방이 초(楚)나라 노래라는 뜻으로 아무에게도 도움 받지 못하는 외롭고, 곤란한 상황을 이르는 말이다.

지나, 일본, 미국, 북한 모두 호시탐탐 대한민국을 뜯어먹을 궁리만 했으니 확실히 이 표현이 더 어울린다.

어쨌거나 이렇듯 온갖 불리함 속에 처해 있었는데 그걸 모두 극복해냈고, 민주화에 성공했으며, 기어이 선진국 반열에 올라섰다. 열렬한 박수로 치하 받아 마땅한 일이다.

현수가 한국을 개조해보려는 노력을 기울이는 이유가 바로 여기에 있다.

앞에 나서서 끌어줄 가치가 있는 나라였던 것이다.

문제는 무리에 섞여 있는 나쁜 놈들이었다.

백성들이 굶든 어쩌든 오로지 제 이익만 추구하던 조선의 썩어빠진 양반들이나 다름없는 개잡놈들이 너무 많았다.

권력을 쥐면 후안무치해지고, 가렴주구를 일삼았다. 동족에게 총 쏘게 하고, 학정(虐政)을 일삼았던 개새끼도 있다.

아는 것 하나 없이 무능력함에도 오로지 권력욕만 있던 것 때문에 국민 모두가 개고생하기도 했다.

자칭 사회지도층이라 목에 힘주던 새끼들이 저지른 일이다. 이런 것들까지 잘 먹고, 잘 살게 해주고 싶지 않다.

하여 일단 다 때려잡는 중이다.

그런데 고이 죽여주는 아량도 베풀고 싶지 않다. 하여 등장한 것이 에이프릴 증후군이다.

데스봇은 웬만한 현미경으로는 발견조차 하기 힘들만큼 미세하다. 하여 일종의 괴질 취급을 받고 있다.

비유하자면 자루 속에 감자가 꽤 많이 들어있었다.

그중 썩은 것들이 있어 거의 다 골라냈다. 물론 아직 드러나지 않은 양심불량이 일부 남아 있을 것이다.

겉은 멀쩡해 보이지만 속은 곪은 것이다.

언젠가는 성향을 드러내거나 부정을 저지를 소지가 큰 것들이다. 친일파처럼 나라를 팔아먹으려는 시도도 할 수 있다.

이를 그냥 놔두면 다른 감자들까지 차례로 썩게 만들 것이므로 반드시 골라내야 한다.

그런데 그건 전혀 문제되지 않는다.

도로시가 꾸준히, 그리고 확실하게 골라내서 곧바로 세상에서 격리시킬 것이기 때문이다.

예를 들어, 3월 1일이나 8월 15일에 일장기를 게양(揭揚)하는 등의 행위가 있을 수 있다. 실외는 물론이고 실내에 내거는 것까지 포함이다.

이런 자들은 하나도 남김없이 분리수거될 것이다. 썩은 감자라는 것이 드러났으면 당연한 수순이다.

처리하기 전에 확실하게 짓이겨서 형상을 잃게 한 뒤 화학적 변화를 갖게 하여 완전히 말살시킬 것이다.

어쨌거나 2016년 4월 이후 9개월 동안 사망한 숫자는 942만 3,356명이라고 하였다.

에이프릴 증후군으로 914만 8,745명이 뒈졌고, 자연사 및 병사(病死)로 27만 4,611명이 사망했다.

그래서 인구가 이전의 82% 수준으로 급감하였다.

가장 많은 수는 특정 종교와 사이비 관련자들이다. 이들 숫자만 대략 300만 명가량이다.

좁은 나라에 얼마나 많았는지 충분히 짐작된다.

지도자입네 하던 것들과 광신자들은 100% 뒈졌고, 종교에 빌붙어 사적 이득을 취하던 것들 또한 숟가락을 놨다.

Chapter 02

사기 공화국

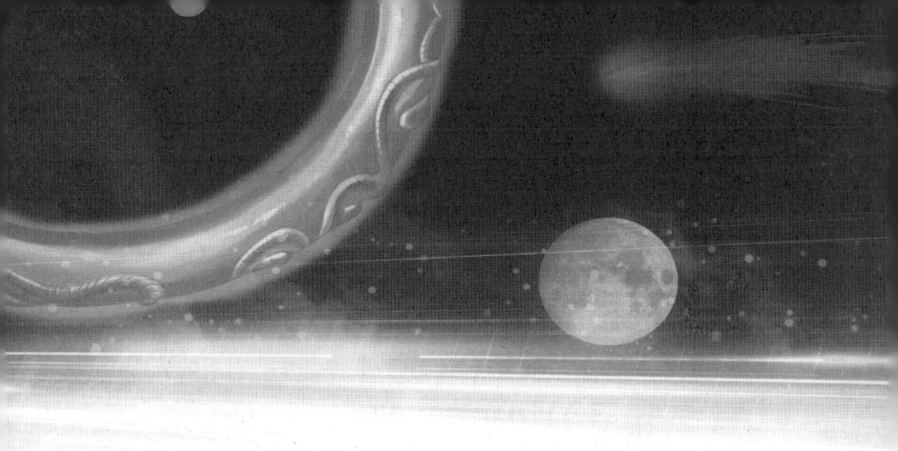

죽은 자들 중에는 당연히 사기꾼도 포함되어 있다.

범죄자가 어디 죄를 한 가지만 저지르겠는가!

하여 사기가 아닌 다른 범죄에도 연루되어 뒈진 것들의 수효가 상당히 많다. 뒈질 놈 뒈진 것이다.

그런데 여기에 추가로 죽어 자빠질 사기꾼들이 더 있다. 그 숫자가 무려 77만 6,000여 명이라 한다.

과연 OECD 국가 중 사기 범죄 1위인 사기공화국답다.

그 내용을 살펴보면 보험사기뿐만 아니라 전세사기, 금융사기, 부동산사기, 주가조작, 스미싱, 보이스 피싱, 파밍, 큐싱, 메신저 피싱 등 종류도 다양하다.

땀 흘려 일한 대가를 받는 것은 지극히 떳떳한 일이다.

그러니 매사에 공들여 노력하고 그것에 대한 정당한 대가를 바라는 것은 정당한 일이다.

한편, 사기는 별 힘 안 들이고 일확천금을 획책하는 일이다. 그리고 남들 앞에서 결코 떳떳할 수 없다. 감언이설 등으로 누군가를 속인 대가이기 때문이다.

남을 속이는 건 결코 쉬운 일이 아니다.

영화 '그녀를 믿지 마세요'에는 약사 강동원과 거짓말 9단인 김하늘이 다음과 같은 대화를 한다.

— 거짓말은 쉽겠지.

— 거짓말이 쉬워?

거짓말은 고도의 두뇌게임이야.

앞얘기 뒷얘기 받쳐줘야 하고,

기억력도 좋아야지, 순발력도 있어야지,

게다가 창작의 고통까지….

사기는 95%의 진실과 5%의 거짓을 섞어 남을 현혹하는 일이다. 머리가 나쁘면 할 수 없는 일인 것이다.

그러니 사기는 좋은 대가리를 나쁘게 쓰는 것이다.

따라서 일거에 쓸어버려야 하는데 그 숫자가 많다 하여 주저해선 안 된다.

고름은 아무리 노력해도 결코 살이 될 수 없는 법이다. 따라서 잠시 고통스럽겠지만 용기 내어 콱 짜내야 한다.

이렇게 해서 암적인 존재들을 걷어내고 나면 비로소 화합이 뭔지 알게 되며, 진정한 공평과 공정을 마수하게 된다.

아울러 한국인 특유의 정(情)이 온 나라에 훈훈하게 번져가는 모습도 경험하게 된다.

한민족 특유의 미풍양속이 부활하게 되는 것이다.

이전엔 서로가 서로를 감시하는 눈으로 보아야 했다. 안 그러면 언제, 어떻게 불이익을 당할지 알 수 없는 때문이다.

대표적인 것이 정보기관에 의한 민간인 사찰이다.

경찰과 검찰, 기무사와 국정원이 벌인 짓이다. 분명 법으로 금지되어 있는 행위지만 전혀 개의치 않았다.

그런데 누가 기관원인지 알 수 없고, 재수 없으면 신세를 망친다. 그러니 일단 의심부터 하고 봐야 했다.

이웃과 따스한 정을 나누고, 서로를 보살피고 사이좋게 지내고 싶었지만 그럴 수 없는 세월이 꽤 길었다.

이웃 간에 맛있는 음식 나눠먹으며 형님, 아우 하면서 사이좋게 지내도 모자라는 것이 인생이다.

그러니 미풍양속은 오래토록 유지되도록 해야 마땅하다. 그런데 암적인 존재들이 있으면 그렇게 하지 못한다.

그렇기에 데스봇 레벨 6를 명했다. 성장하는 벼 사이사이에서 몰래 자라나는 피를 뽑는 것은 마땅한 것이다.

어쨌거나 폭주족과 무단 횡단자, 그리고 자기밖에 모르는 이기주의자와 진상에 대한 대강의 처벌 기준이 제시되었다.

아울러 법을 무시하는 무단횡단과 어린이보호구역에 대한 과도한 규제를 개혁하도록 지시하였다.

새 국회가 가능한 빨리 입법을 마치기를 기다릴 뿐이다.

다행히 이번 국회는 정당으로부터 완전히 자유롭다.

이전엔 여당과 야당이 첨예하게 대립하였고, 거의 모든 안건에서 격렬하게 대립했다.

삿대질 하고 고성을 내지르는 일은 비일비재했고, 때론 주먹다짐까지 벌어지기도 했다.

그럴 때보면 영락없는 깡패나 양아치였다.

예산안 등 중요 법안을 빌미로 다른 모든 것들의 처리를 보이콧하는 일도 많았다. 그리고 거의 모두 소속된 정당의 이익이나 입장에 따라 투표했다.

그런데 현재는 정당이란 게 없다. 누구든 이를 만들려는 모의만 해도 바로 실종된다.

어쨌거나 이번 국회의원들은 본인의 양심과 소신에 따른 기표를 하고 있다. 그리고 격렬한 논쟁이 전혀 없다.

표로서 자신의 뜻을 밝히면 그만이다. 하여 법안 통과 속도가 대단히 빠르다. 이전 같으면 3일 걸렸을 법안 통과가 불과 3분 만에 결정되기도 한다.

국회통과를 기다리는 법안들은 배경과 목적 등이 소상하면서도 일목요연하게 정리되어 모든 의원들에게 전달된다.

법안에 대한 투표 7일 전의 일이다.

의원들은 이를 충분히 검토하고, 심사하여 보완할 점 등 제반 의견을 세시할 수 있나.

국회의장 보좌진들은 본회의 투표 3일 전에 제출된 의견을 참고한 최종적으로 가다듬은 법안 요약을 다시 한번 의원들에게 전달한다.

그리고 본회의 때 참석하여 찬성, 반대, 기권 중 하나의 버튼을 누르는 것으로 끝이다.

찬성과 반대는 그 이유를 밝히지 않아도 되지만 기권은 반드시 그 이유를 소명해야 한다. 국민이 준 권리를 스스로 포기한 것에 대한 배경설명을 요구하는 것이다.

그리고 모든 투표는 누가 어떤 버튼을 눌렀는지 기록으로 남긴다. 국가의 중대사를 무기명 비밀투표로 결정하는 것은 책임감 없는 행위이니 당연한 일이다.

본인의 이름이 끝까지 남으니 투표를 결코 소홀할 수 없다. 하여 이전의 국해의원(國害議員)들과 확실히 다르다.

뇌물을 밝히지 않고, 청탁이란 걸 하지 않는다.

권력을 이용한 부당행위는 당연히 없으며, 학연, 지연, 혈연 따위는 아예 따지지도 않는다.

국회의원들에게 부여되어 있는 각종 특권이 회수되었음을 확실히 인식하기에 진상 짓하는 의원은 없다.

어쨌거나 이번 국회는 일을 참 빨리, 그리고 많이 하고 있다. 빨리빨리 민족을 대표하는 국회답다.

이제야 제대로 된 국회를 갖게 된 것이다. 건국하고 꽤 오랜 세월이 흘렀으니 참으로 오래 걸렸다.

*　　　*　　　*

"부사장님! 점심 뭐 드실래요?"

"점심? 뭐야, 벌써 밥 먹을 때가 된 거야?"

"그럼요. 12시 넘었어요."

시계를 보니 진짜 정오가 지났고 11분이나 흘렀다.

멍하니 강물 흘러가는 것을 지켜보는 동안 제법 긴 시간이 흐른 모양이다.

"이 근처에 잘하는 집 있어?"

"우리 회사 구내식당 괜찮아요."

천지건설 구내식당은 가히 대한민국 넘버원이라 칭해도 좋을 정도로 질과 양, 그리고 맛이 뛰어나다.

하여 직원들 대부분 이곳에서 점심을 먹는다.

덕분에 주변 식당가가 썰렁해졌다. 인근에서 제일 숫자가 많은 천지건설 임직원들이 가지 않기 때문이다.

한산하던 점심과 달리 저녁이 되면 불야성을 이룬다. 회식이 많기 때문이다.

점심 손님을 모두 빼앗긴 인근 식당가는 절치부심했다.

그렇지 않아도 불경기라 장사가 안 되던 판국이니 가만히 있다가는 망할게 뻔한 때문이다.

음식의 맛과 질, 가성비를 끌어올리고, 보다 나은 서비스를 제공하는 것이 살길임을 깨닫고는 여러 시도를 했다.

덕분에 천지건설 인근에 여러 맛집들이 생겨났다. 그래서 낮에는 먼 곳에서 오는 손님들로 북적인다.

하남시나 구리시, 그리고 경기도 광주에서 점심 먹으러 오는 손님들이 왕창 늘어난 것이다.

더 먼 곳에서 오는 손님들도 많다.

맛있고, 정갈하며, 합리적인 가격인데다 서비스까지 훌륭하니 저절로 손님이 꼬이는 것이다.

그 결과 망해가던 인근 상가는 다시 북적이게 되었다. 덕분에 상인들 얼굴에 웃음꽃이 핀다.

그런데 문제가 있다.

몰락하던 상가가 화려하게 부활하면 꼭 뒤따르는 현상이 있다. 건물주가 임대료를 과도하게 인상하여 상인들이 밀려나는 '젠트리피케이션(gentrification)'이 바로 그것이다.

예전 같으면 틀림없이 일어날 일이다. 그 결과 부활했던 상점가 전체가 쇠락 일로를 걷게 된다.

대표적인 예로 경리단길을 꼽을 수 있다.

서울 용산구 국군재정관리단 정문으로부터 그랜드 하얏트

호텔 방향으로 향하는 길과 주변 골목길의 통칭이다.

2010년부터 뜨기 시작하였고, 지난해에 절정기를 맞았다.

그러다 과도한 임대료 인상으로 인해 현재는 아주 을씨년스런 상태로 변모하는 중이다. 상가 점포 8개가 있다면 그중 7개가 비어버린 상황인 것이다.

가히 황금알을 낳는 거위의 배를 가른 것이라 할 수 있겠다. 건물주들의 과한 욕심이 부른 결과이다.

어쨌거나 천지건설 인근의 상가도 예전 같으면 경리단길과 같은 종말을 겪게 되었을 것이다.

그런데 그곳과 다른 점이 하나 있다. 주변의 상가건물 전체가 Y—Property 소유라는 것이다.

임대료를 올리기는커녕 오히려 낮춰주었고, 관리비 또한 이전보다 낮아졌다. 임대기간은 5년이고, 5년 후 다시 5년간 연장할 수 있도록 했다.

건물이 노후화되거나 비효율적이어서 재건축을 하게 되면 준공 후 우선적으로 점포를 임차할 수 있다.

아울러 재건축으로 인해 점포를 비워야 한다면 3년 전에 미리 고지하기로 하였다.

마음 편히 장사할 수 있는 여건을 조성해주기 위한 배려이다. 이는 천지건설 인근만 이러한 것이 아니다.

서울은 물론이고 전국 각지의 상가 점포 또한 비슷하게 운영되고 있다.

상인들은 쌍수를 들어 환영하지만 아직 상가건물을 팔지 않은 건물주들은 시름이 깊어졌다.

공실률이 너무 높기 때문이다.

임대기간이 만료되면 상인들은 Y Property가 소유한 인근 상가로 옮겨가려고 한다.

노후된 상가가 철거되면 인근 부지와 합쳐 더 크고 반듯한 주상복합이 빠른 속도로 지어진다.

이러니 상가 공급에 여유가 있다.

하여 빠른 시일 내에 처분되지 않은 상가들은 공실률 100%를 상당 기간 경험하게 될 것이다.

더 깔끔하고, 더 많은 사람들이 드나드는 새 상가가 있다. 임대료 및 관리비는 훨씬 저렴하다.

그럼 누가 낡고, 오래된 상가에서 장사하고 싶겠는가!

따라서 빠른 시일 내에 매각하지 않으면 빈 상가만 보유한 채 재산세만 내는 신세가 될 것이다.

늦게 내놓으면 내놓을수록 헐값에 처분될 수밖에 없다.

부동산 투기와 불로소득이 사회악으로 규정될 날이 멀지 않았기 때문이다. 어쨌거나 천지건설 사옥 구내식당은 자타가 공인할 정도로 훌륭하다. 그렇기에 추천한 것이다.

"그래? 근데 내가 가면 다들 불편해하지 않을까?"

모두의 시선이 쏠릴 것은 자명한 일이다. 누가 곧 국왕 될 사람을 본 적이 있겠는가!

TV에서 볼 수 있는 사람만 지나가도 인파가 몰려든다. 그리고 거의 전부 휴대폰을 꺼내들고 사진 찍으려 한다.

'나 이런 사람과 가까이 있었다.' 라는 자기과시가 목적이다. 하물며 현수가 나타나면 어떠하겠는가!

명실상부한 이 세상 최고의 원너비(Wannabe)이다.

제아무리 인기 좋은 연예인이라 할지라도 감히 비벼볼 엄두조차 내지 못한다.

연예인은 인기가 많으면 많을수록 CF 출연료가 많아진다.

현수도 광고모델이 될 수 있을 것이다. 그런데 그러면 대체 얼마를 받아야 할까?

얼마 전 모 광고기획사에서 재미삼아 매겨본 국내 CF 모델들의 몸값 리스트가 유출된 적이 있다.

최상단에는 군인과 여의사의 로맨스를 그린 드라마의 남녀 주인공이 자리하고 있다. 둘 다 인기 절정인 탤런트이다.

그리고 이들의 1년 출연료는 각각 20억 원으로 매겨져 있다. 그런데 그보다 위에 한 인물이 있다.

하인스 킴이다. 몸값은 1년 1,000억 원이다. 이것의 아래엔 평가를 매긴 사람이 남긴 첨언이 있다.

모델료 1년 1,000억 원!
액수가 너무 많아 농담 같겠지만 장난이라 여기지 마시라.
하인스 킴 대표는 곧 국왕이 되실 분이다.

만일 영국 여왕이 특정 상품 광고모델로 출연한다면 그 출연료가 얼마나 될지 상상해보시라.

참고로, 하인스 킴의 인지도는 영국 여왕조차 넘볼 수 없을 만큼 대단하다.

그 비율은 1 : 100이 넘는다고 평가된다.

아프리카 산골 오지에 가도 누구나 알아보는 세계 최고의 부자이자, 천재이며, 투자가이고, 의사이며, 음악가이다.

하인스 킴 대표는 천재 이미지 이외에 젊고, 건강하며, 정중하고, 지극히 선한 이미지 또한 가졌다.

지난 1차 대국에서 획득한 것에 본인의 돈까지 추가하여 불우청소년을 위한 기금으로 쾌척한 결과이다.

따라서 하인스 킴이 광고모델이 된다면 어떤 상품이든 매출이 수직 상승하는 기적을 보게 될 것이다.

다 망해가는 기업의 제품이라 할지라도 기사회생하는 것을 생생하게 경험하게 된다고 장담한다.

아니라면 내 손에 장을 지진다. 그러니 1년 몸값 1,000억 원은 오히려 적은 금액이다.

현 시점에 누가 천재이고, 선하며, 고귀하고, 부유한 이미지를 동시에 가졌는지 생각해보시라.

선함은 비교하기 어렵지만 천재, 고귀, 부유 부문은 완전 끝판왕이다.

인터넷에 유출된 이 몸값 리스트엔 수많은 댓글이 달렸다. 1년 1,000억 원이 적다는 의견이 대다수이다.

따라서 구내식당에 현수가 등장하면 다들 입을 벌린 채 자리에서 일어나게 될 것이다.

마나를 되찾은 후부터는 아무리 갈무리하려고 애를 써도 황제의 기품이 완전히 감춰지지 않는다. 2,000년 이상 몸에 밴 것이라 저절로 위엄이 느껴지는 것이다.

아무튼 현수에 대한 호기심 때문에 바라보는 것이겠지만 직접 보는 것만으로도 복권 당첨 확률이 상승한다는 소문이 있으니 당연히 더 그럴 것이다.

그런데 이는 직원들의 식사를 방해하는 일이다. 하여 불편하지 않겠느냐고 말한 것이다.

게다가 조인경과 김지윤도 같이 식사하게 될 것이다.

천지건설 양대미녀이자 20대에 상무이사가 된 입지전적인 직장인이다. 당연히 모든 사원들의 시선이 쏠리게 된다.

남성 사원들은 둘의 미모에, 여성 사원들 또한 몸매와 얼굴, 그리고 스타일에 환장할 것이다.

그렇기에 인경이 생각하기에도 이 시각에 구내식당으로 가는 것은 저어(齟齬)[6] 되는 일이다.

"그렇긴 할 거 같네요. 그럼 다른 데 알아볼까요?"

"그래. 비서실 직원들과 함께 갈 수 있는 곳 찾아봐."

---

6) 저어(齟齬) : 익숙하지 않아 서름서름한 것

"전부요?"

"직원들도 점심 먹어야지. 게다가 오늘 첫 만남이잖아. 그러니 괜찮은 곳으로 알아봐."

"네! 알겠어요."

조인경이 나가자 김지윤이 들어선다.

"점심 먹으러 안 가세요?"

"점심? 그렇지 않아도 어딜 갈까 알아보는 중이야."

"왜요?"

"내가 밥 먹으러 가면 불편해할 것 같아서. 그리고 왕국으로 가면 비서실 직원들이랑 당분간 얼굴 보기도 힘들 거 같아서 다 같이 가면 어떨까 싶어."

"아…! 네에."

"그런데 각자의 기호가 다를 텐데 괜찮을까 몰라."

"그건 그렇죠. 그럼, 워커힐 호텔 뷔페 어때요? 한식, 양식 등을 기호에 따라 골라먹을 수 있잖아요."

"그래? 그럼 한 번…."

현수가 뭐라 말을 이으려 할 때 조인경이 들어선다.

"워커힐 호텔 뷔페로 정했어요."

현수와 지윤은 서로를 보며 빙그레 미소 지었다. 이심전심, 염화시중의 미소이다.

"에? 왜요?"

둘만의 시그널이라 생각했는지 살짝 토라진 모습이다.

"그렇지 않아도 거기 어떠냐는 말을 하던 중이었거든."

"아! 네에."

"근데 교통편은?"

"호텔에서 차량 지원해준대요."

"그래? 그럼 거기로 정해."

"네, 잠시만요."

조인경이 다시 밖으로 나가자 지윤의 입술이 열린다.

"덕분에 포식할 거 같아요. 거기 맛있대요."

"그래? 다행이네. 근데 시차 적응은 어때?"

"오면서 실컷 자서 그런지 아직은 못 느껴요."

"조금이라도 이상하다 싶으면 바로 퇴근해."

"에이, 그건 아니죠. 제가 어떻게 그래요? 그럼 그냥 부사장님 옆에 찰싹 달라붙어 있을래요."

"알았어, 근데 진짜로 졸립다 싶으면 저기 들어가서 자."

부사장실 안에는 일을 하다 피곤하면 언제든 쉴 수 있는 휴게실 개념으로 만든 욕실 딸린 침실이 있다.

냉장고에는 각종 음료수뿐만 아니라 맥주와 와인 등이 있고, 테이블 서랍에는 과자와 마른안주들이 채워져 있다.

호텔 객실은 대가를 치러야 하지만 여긴 전부 무료이다.

"그럴게요."

아니라고 하면 그러지 말라고 할 사람이라는 걸 알기에 사양치 않는 것이다.

"오늘 점심은 내가 쏘는 걸로 해."

"사비(私備)로 내시려고요?"

"그럼 회사 법인 카드를 써?"

"당연하죠. 업무의 일환이잖아요?"

"업무는 맞아. 하지만 점심 한 끼 먹는 데 1인당 12만 6,000원을 쓴다면 누가 좋아하겠어? 조금 과하잖아."

부사장실에 배속된 인원은 현수를 포함하여 105명이다. 따라서 오늘 점심 식대는 1,323만 원이다.

이걸 어찌 회사에 부담하라고 하겠는가!

"그렇긴 해요. 그럼 제가 가진 카드로 결제할게요."

언제든 필요한 것이 있으면 가격에 구애하지 말고 쓰라고 줬던 카드를 뜻한다.

"아니, 그건 넣어둬. 국내에선 조인경 상무가 가진 카드로 결제하게 해."

국내와 해외를 구분하자는 뜻이다.

"알겠어요."

"그나저나 부모님은 뭐라 안 하셔?"

"뭐라 하시긴요. 잘 다녀왔냐는 말씀만 계셨어요."

말은 이렇게 했지만 어젯밤 지윤은 결혼에 관한 이야기를 들었다.

말씀은 안 하셨지만 이번 출장에서 쌀이 익어 밥이 되었다 생각하시는 듯했다. 과년한 남녀가 출장을 갔으면 충분히 일어날 수 있는 일이다.

밀라, 올리비아, 설화, 그리고 아델리나가 호시탐탐 기회를 노렸다는 것은 미처 생각지 못한 모양이다.

하여 지윤이 발끈했다.

"엄마! 그분 그런 분 아냐."

"응? 아니라니? 그게 무슨 소리니?"

"우리 아무 일도 없었다고."

"에? 그렇게 오랫동안 같이 있었는데?"

"으이그, 전 세계 모든 언론이 총집결해서 일거수일투족을 모조리 카메라에 담고 있는데 하긴 뭘 해."

"얘, 그래도 밤에는…."

"그분 방은 위층에 있고 나는 아래층에 있었어. 복도엔 기자들이 드글드글 했고. 그런데 어떻게 뭐를 해?"

"아니 얘는…! 내가 뭐라 했니? 그냥 그런 일 없었느냐는 거지. 결혼할 거라며. 요즘엔 애가 혼수라더라. 내 친구 딸들 결혼할 때 보면 다들 임신 5개월은 넘었어."

"아무튼 결혼 얘기는 꺼내지도 마."

"알았다 얘. 그래도 준비할 건 준비해야…."

"엄마! 그분 곧 국왕 되셔. 우리 결혼은 내가 한 나라의 왕비가 되는 일이구. 근데 그냥 뭘 하라고?"

"어머! 그럼 너희도 밤에 잘 때 상궁들이 옆에서 지켜보면서 코치하고 그렇게 되는 거니?"

완전한 동문서답이다. 이쯤 되면 지윤의 모친은 사오정 소리를 들을 만하다.

"엄마! 델레비전 좀 그만 봐. 우리가 뭐 사극 찍어?"

"아냐? 아님 말고. 그래도 결혼을 언제 할지는 알려줘야 우리도 준비하고 그러지 않겠어?"

"뭘 준비할 건데? 왕비가 되는 일이라니까. 혼수로 제주도라도 사오려구?"

"제주도? 그거 사야 해? 통째로?"

"엄마! 국왕에게 줄 결혼예물로 달랑 시계 하나 사고, 냉장고랑 세탁기, TV를 사가?"

"……!"

지윤의 모친은 입을 다물었다. 딸의 결혼이 결코 평범할 수 없음을 확실하게 깨달은 것이다.

"가만히 있으면 알아서 다 챙겨주실 거야. 우리가 뭘 준비해야 하는지도 알려줄 거고."

"어휴! 이제 좀 살만해졌는데…."

아무래도 딸자식이 기둥뿌리 서너 개는 뽑아 갈 듯 하다 느낀 모양이다. 그런데 서너 개로는 어림없지 않을까 싶다.

지금은 아니지만 얼마 전까지만 해도 의사에게 시집가려면 열쇠 3개를 가져가야 한다는 말이 있었다.

진료실, 아파트, 그리고 외제차 열쇠가 그것이다.

한낱 의사가 이런데 국왕은 대체 무엇을 얼마만큼 준비해야 할까? 어쩌면 집을 통째로 팔아도 부족할 것이다.

아무튼 회사일이 너무 바빠 모태솔로로 늙어 가면 어쩌나 싶었던 딸에게 짝이 생긴 것은 매우 만족스럽다.

똑똑하고, 예쁘기는 하지만 회사 일에 치어 사는 걸 보면 안쓰러울 때가 많았다.

회사에서 무슨 일을 얼마나 많이 맡기는지 입사 전과 비교하면 얼굴이 반쪽이다.

간신히 일어나 아침도 못 먹고 종종걸음으로 출근했고, 늦은 밤이 되어서야 축 늘어진 어깨로 귀가했다.

가끔은 주말에도 출근했는데 여느 날이나 다름없었다.

오밤중에 귀가해서 씻는 둥 마는 둥 하다 잠자리에 들어야 다음 날 간신히 출근한다.

이 정도면 남친이 생겨도 데이트할 시간이 없다. 하여 당분간은 딸의 결혼을 전혀 기대하지 않았다.

그런데 모스크바에서 날아온 놀라운 소식이 있었다.

딸이 세계 최고의 부자의 짝이 된다는 것이며, 그 자리가 왕후라는 것이다.

꿈인가 싶어 볼도 꼬집어보고 허벅지도 꼬집어보았다. 멍이 들 정도로 아픈 걸 보면 꿈은 아니다.

하여 구름에 올라탄 듯한 기분이었다. 대한민국에 누가 있어 국왕을 사위로 맞이하겠는가!

날고 기는 재벌가의 여식들조차 꿈도 못 꾸는 일이다. 역대 대통령이나 국무총리의 자식들도 마찬가지이다.

그런데 본인 딸이 그런 자리로 시집을 간다. 곧이어 남편의 사업이 번창하기 시작했다.

Y-그룹 관련이라 모든 거래는 현금이고, 계약금 내지 착수금으로 전체 금액의 30%가 선입금 되었다.

근심걱정이 한 방에 날아가는 쾌거였다. 살만해지자 안 나가던 친구들 모임에도 나가기 시작했다.

전에는 잘 나가는 친구들이 마냥 부럽기만 했었다.

그들이 입고 오는 옷과 장신구, 가방, 그리고 승용차를 볼 때마다 부럽고, 열등감이 느껴졌다.

딱 하나 꿀리지 않는 것이 있었는데 그건 지윤의 학벌이다. 자식을 서울대로 보낸 친구는 하나도 없었던 것이다.

아무튼 지금은 본인이 화제의 중심인물이고, 다들 부러워서 미치려고 한다. 그리고 친구들의 비싼 옷이나 가방은 따위는 아예 눈에 들어오지도 않는다.

만날 때마다 서로 친한 척 하고, 뭐가 그렇게 궁금한지 이것저것을 꼬치꼬치 캐묻는다.

그런데 뭘 알아야 대꾸를 해줄 수 있다. 그래서 묻고 싶은데 많았는데 지윤은 장기 출장을 갔다.

이틀에 한 번 꼴로 잘 지내고 있다는 문자메시지를 보내긴 하는데 그걸로 무슨 대답을 할 수 있겠는가!

아무튼 친구들은 결혼식에 꼭 초대해달라는 당부를 했다.

대한민국 국민 가운데 어느 누가 타국 국왕의 결혼식에 참석해보았겠는가!

대통령을 비롯한 모든 정치인과 언론인, 법조인들이라 할지라도 단 하나도 경험해보지 못한 일이다.

쟁쟁한 재벌가 총수 중에도 없다.

그런데 친구의 딸이 왕후가 된다고 한다. 그러니 꼭 참석할 수 있도록 해보라는 것이다.

어쨌거나 지윤은 어제 뜬 눈으로 밤을 지샜다. 시차적응이 안 되어 그런 것보다는 불안함 때문이다.

일찌감치 왕후로 간택되었지만 언제 그 자리에 앉을지는 기약되지 않았다.

그런데 휴전선 이북에 들어서는 이실리프 왕국의 왕후는 설이화가 된다. 그러니 불안한 것이다.

"이화는?"

"지금쯤 제 방에서 쉬고 있을 거예요."

지윤의 말과 달리 설이화는 북한과 확연히 다른 여러 물건들을 만져보느라 여념이 없는 상태이다.

모든 것이 낙후된 곳에서 살다 왔으니 가히 신세계를 접한 것이나 다름없을 것이다.

바하마에서도 많은 것들을 접했지만 한국은 그보다 더 선진국이다. 특히 가전제품은 세계 시장을 휩쓸고 있을 뿐만 아니라 선도하고 있는 국가이다.

LG전자에서 내놓은 스타일러 같은 것이 좋은 예이다. 세계 어느 나라에도 없던 완전히 새로운 가전인 것이다.

하여 이것저것 만져보느라 정신이 없다.

한편, 김지윤의 모친은 조마조마한 심정으로 지켜보고 있다. 벽에 걸려 있는 인터폰의 버튼을 누르면 경비실로 연결된다. 잠시라도 한눈 팔면 그걸 누를지도 모른다.

그런데 눌러놓고 아무 말도 하지 않거나, 이상한 말을 하면 상황이 발생된 것으로 오인하고 출동할 수 있다.

주방의 하이라이트는 잘못 조작하면 불을 낼 수 있다. 인덕션과 달리 전원이 켜지면 계속 열을 내기 때문이다.

실제로 키우던 고양이가 하이라이트 전원버튼을 밟고 지나는 바람에 화재가 발생했다는 뉴스가 있었다.

이밖에 공기청정기, 로봇청소기, 그리고 냉난방이 모두 되는 에어컨 같은 건 듣도 보도 못하는 이물(異物)이다.

현재는 화장실 변기에 앉아 비데를 경험하는 중이다.

변좌는 물론이고 쏘아지는 물줄기도 따뜻하다. 다른 버튼을 누르면 바람이 불기도 한다.

신세계를 경험하는 중인 것이다.

Chapter 03

쓰레기 사이트

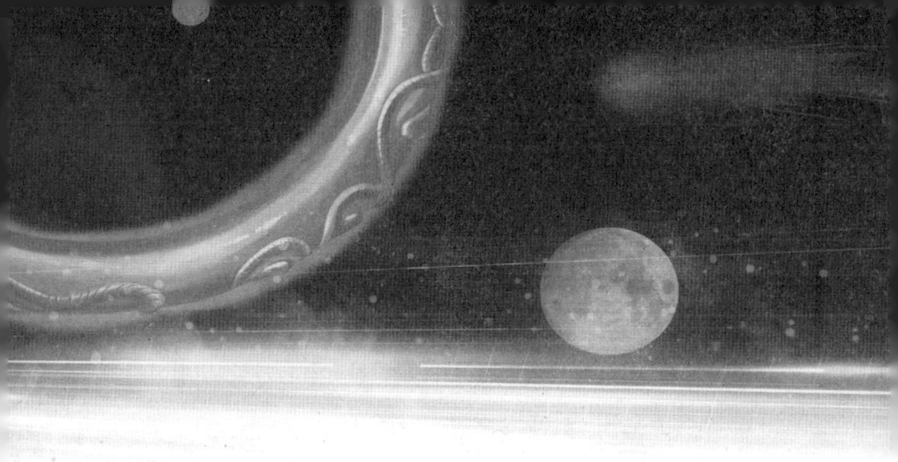

"퇴근하면 많이 가르쳐줘."

"네! 그래야지요."

설이화는 매우 영특한 두뇌를 가졌다.

미국의 MIT 공대 컴퓨터 과학부에 수석 입학하여, 수석으로 졸업할 수준이다. 전액 장학금은 당연한 일이다.

참고로, 1861년에 개교한 MIT는 공학 분야 세계 최고라는 명성을 가진 대학이다. 그래서 모든 공학도들의 최종 목표이자 메카로 평가되고 있다.

현재는 공학뿐만 아니라 사회과학과 인문학까지 총괄하는 종합대학으로 발돋움했다.

영국의 'QS 세계 대학 랭킹' 은 MIT를 2013년 이후 연속으로 세계 1위 대학으로 평가되고 있다.

설이화가 이 대학으로 진학하지 못한 이유는 북한이라는 폐쇄집단에 속해 있었던 때문이다.

아무튼 이화는 본인 전공에 관한한 어디 가도 뒤떨어진다는 소리를 듣지 않는다.

오히려 좌중을 압도하는 실력과 통찰력을 가졌다. 하지만 일반적인 것까지 그런 건 아니다.

별 볼일 없는 북한에서 성장하였는지라 보고 배운 게 너무 적었으니 당연한 일이다.

지윤에겐 그걸 깨우쳐주라는 임무가 부여되었다. 내명부 수장이기 때문이다. 맏이이니 의당해야 할 일이다.

하지만 곁에 딱 붙어서 일일이 대답해줄 상황이 아니다.

한국으로 온 이상 출근을 해야 하는 때문이다. 대답은 했지만 살짝 자신 없는 듯하다.

"어려울 거 같으면 다른 사람 붙여도 돼."

지윤은 얼른 고개를 젓는다.

"아뇨! 노력해볼게요."

"어려우면 말하고."

"네, 그럴게요."

"참! 알아보라는 거 어떻게 되었어?"

현재의 북한은 거의 모든 것이 부족한 상태이다.

미국의 경제제재를 받으면서도 간신히 숨을 쉴 수 있었던 것은 지나가 있었던 때문이다.

그런데 그 숨통이 사라졌다. 그래서 식량과 연료 부족이 매우 심각하다. 이밖에 각종 생필품 또한 태부족이다.

지윤에게 알아보라고 했던 것은 세계 각지로부터 이것들을 수배하는 일이다. 계약만 성사되면 운반은 그리 어렵지 않다. 휴머노이드의 아공간이 있기 때문이다.

"그거 다 확보했구요. 신 차장에게 리스트 줬어요."

돈이 있으니 금방 해결된 모양이다.

"그래? 수고 했네. 당분간은 필요한 게 많을 테니 차분히 더 알아봐."

"그럴게요. 걱정 마세요."

"기왕이면 한국산으로 알아봐. 여기 요즘 불경기니까. 그래도 없으면 그때 다른 나라 것들을 알아보고."

"네! 그렇게 할게요."

지이이이이잉—! 지이이이이잉!

대답을 하는 동안 지윤의 휴대폰이 진동한다.

"전화 받아."

"아! 네에."

지윤은 휴대폰에 찍힌 번호를 확인했다.

"잠시 제 자리에 갔다 올게요."

"응, 편한 대로 해."

지윤도 자리를 비웠다.

현수는 자리에서 일어나 새삼 실내를 살핀다.

책상과 의자, 소파와 책장 등 집기도 마음에 들고, 등기구 등 인테리어도 마음에 든다.

휴게실로 쓰라고 조성해놓은 침실의 침구 또한 상당히 괜찮아 보인다. 인경이 신경 써서 고른 것이니 당연하다.

그러고 보니 벽에 컨트롤러가 붙어 있다. 침실 전용 보일러라도 설치한 모양이다.

"에고, 이건 낭비네."

수도관과 가스관 끌어오고, 액셀 파이프 깔고, 전원과 보일러 연결 등의 작업을 했을 것이다.

인력, 시간, 장비, 자재 등이 제법 소요되는 일이다.

왕국에서는 항온마법진 하나를 부착하고 온도 설정작업만 하면 끝날 일이다. 만일 바닥 난방만 원한다면 항온마법진을 바닥에 부착하면 된다.

손바닥보다 작은 얇은 철판 하나로 해결될 일인 것이다.

이곳에도 충분히 적용 가능하다.

하지만 아직은 선보여선 안 될 것이다. 하여 나직이 혀를 찬 현수는 컴퓨터에 전원을 올렸다.

포털 사이트에 접속하니 광고가 우르르 뜬다. 다 무시하고 뉴스란을 보았다.

하인스 킴이 입국했다는 뉴스가 헤드라인에 떠 있다.

하여 하나를 클릭해보니 세계적인 천재, 수학자, 부자, 투자자, 음악가, 발명가, 의사 등의 형용사로 점철되어 있다.

공항에서 있었던 인터뷰는 동영상으로 올라가 있다.

예전에는 세 입맛내로 소설을 쓰던 기레기들이 견강부회를 일삼았는데 현재는 아니다. 그랬다가는 에이프릴 증후군으로 개고생하다 뒈진다는 소문이 나돈 때문이다.

그리고 그럴 만한 심성을 가진 자들은 언론계에 남아 있지 않다. 아울러 그런 기사를 실어줄 언론사들은 모조리 망해서 사라진 상태이다.

몇몇 뉴스를 클릭해본 결과 대한민국의 언론계가 확실히 정화되었다는 느낌이라 기분이 좋았다.

언론사가 온라인 조회수를 높이기 위해 제목이나 내용을 조금씩 바꿔가며 같은 내용을 반복해서 송고하는 어뷰징(abusing)도 확실히 사라졌다. 아울러 남의 기사를 토씨 하나까지 그대로 베껴 쓰는 기사도 없다.

하여 전체적인 기사 수는 적어졌지만 내용은 확실히 알차다. 그리고 어느 한 쪽으로 치우친 입장에서 보았다는 느낌도 들지 않았다. 다시 말해 편향적인 기사가 없다.

문득 Y—뉴스에서 올린 기사 하나가 눈에 뜨였다.

클릭해보니 만연한 불법행위를 꼬집는 기사이다.

특정 사이트를 저격하는 것이었는데 소설, 웹툰, 게임, 동영상 등 저작권이 있는 콘텐츠를 누구나 다운로드 받을 수 있도록 하는 곳이다. 이는 분명한 저작권법 위반이다.

게다가 온갖 포르노와 야한 애니메이션 등을 올려놓았는데 처벌하지 못하고 있다는 지적이다.

확인해보기 위해 그 사이트에 접속해보았다.

기사의 내용대로 소설, 만화, 웹툰은 물론이고 야한 게임과 야한 애니메이션, 그리고 각종 야동이 범람하고 있다.

게다가 불법사설 도박 광고도 버젓이 올라와 있다. 모든 불법이 총집결한 느낌이다.

잠시 살펴보니 댓글을 달면 소정의 포인트를 주고 이 포인트는 불법 복제된 각종 파일이나 동영상 등을 다운로드 할 수 있도록 하고 있다.

그런데 일정 레벨이 이르기 전까지는 댓글을 다는 것조차 번거롭게 만들었다. 매번 자동등록방지 숫자를 입력하여야 하는데 이는 사용자를 귀찮게 하려는 목적이 분명하다.

이게 싫으면 비트코인으로 후원하여 대량의 포인트를 획득하는 방법을 안내하고 있다.

교묘히 현질을 요구하는 한편, 당국의 추적을 피하려는 고의성이 엿보인다.

기자는 서버가 외국에 있다는 이유로 손을 놓고 있다고 했는데 반드시 찾아서 처벌해야 마땅하다는 의견이다.

저작권자의 권리를 침해하는 행위일 뿐만 아니라 각종 불법행위와 도박을 조장하고 있다.

아울러 불법인 포르노를 불특정 다수가 언제든 다운로드할 수 있도록 하고 있다.

회원 가입 시 미성년자 여부를 확인하는 절차가 없을 뿐만 아니라 실명을 묻지도 않는다.

다시 말해 아무 이름으로나 회원 가입이 가능한데 그게 진짜인지 확인하지 않는다.

익명 가입을 가능케 함으로써 미성년자도 얼마든지 포르노 등을 접할 수 있다. 아울러 불법도박을 해도 추적을 피할 수 있도록 하고 있다.

이용규칙이라는 것이 있어 클릭해보니 절대로 하지 말라는 몇 가지가 있다.

첫째는 정치 이야기를 하지 말라는 것이다. 종교에 관한 글도 금지이다. 게시판에서의 시끄러운 분쟁이 외부로 번져나가 사회문제가 되는 걸 차단하려는 의도 같다.

둘째는 어떠한 경우라도 미성년자가 등장하는 사진이나 동영상을 올리지 말라는 것이다.

그런데 매우 웃긴다. 이 사이트의 첫 화면엔 누가 봐도 초등학생이라 여길 만큼 어린 아이들을 능욕하는 야한 만화와 애니메이션 표지가 버젓이 게시되어 있다.

찾아보지 않아 확언할 수는 없지만 포르노 중에는 로리타물이나 수간(獸姦)물이 분명 있을 것 같은 분위기이다.

사회적으로 지탄받아 마땅한 것임에도 메인 화면에 버젓이 올려놓았고, 연령 또는 성별에 상관없이 아무나 다운로드할 수 있는 환경을 조성해놓은 것이다.

이밖에 몇몇 금지사항들이 더 있다.

게시판에서의 분쟁을 피하려는 목적인 듯하나 이는 눈감고 아웅하는 것이나 다름없다.

다운로드 받는 것 전부가 불법복제물이거나 불법 파일, 그리고 법으로 금지시킨 야한 동영상 등이다.

'도로시! 이거 어느 사이트인지 알지?'

'잠시만요. 네, 확인했어요.'

'이런 사이트 많아?'

'없겠어요?'

적절한 반어법 사용이다.

'끄응~!'

현수가 나직한 침음을 내자 도로시가 의견을 제시한다.

'사이트 개설자 및 관계자 전원에 대한 처벌을 강력히 촉구하는 바예요.'

'어떻게 하자고?'

'이런 쓰레기들은 전부 사회악이니 당연히 치워야겠죠.'

'좋아! 전원 데스봇 투여해.'

'일부는 외국에서 활동 중이에요.'

'그것들도 전부!'

'넵!'

왠지 신나한다는 느낌이지만 캐묻지는 않았다. 나쁜 놈들 처벌하는 덴 이유가 필요 없는 때문이다.

'인원은 많아?'

'운영자와 게시판 관리자, 유지보수를 맡은 인원과 헤비 업로더를 모두 합치면 2만 명이 조금 넘을 거 같아요.'

'어휴! 되게 많네. 알았어, 그리고 그놈들이 만든 사이트 전부 폭파하는 거 알지?'

'그럼요! 당연히 싸그리 다 지워야죠.'

'그런 사이트가 새로 생기면 그 즉시 처벌해.'

'그럴게요. 걱정 마세요. 다시는 이런 사이트들이 활개 치지 못하도록 확실히 할게요.'

누구든 불법사이트를 만들려하면 컴퓨터는 물론이고 휴대폰 및 모든 전자기기를 망가뜨리겠다는 뜻이다.

'그간 벌어들인 돈 환수하는 것도 잊지 말아.'

'당연하신 말씀이세요.'

'그런데 그냥 데스봇만 투여하는 걸로는 조금 부족한 거 같지 않아?'

'뭐 다른 의견 있으세요?'

'놈들을 잡아서 그리 크지 않은 무인도에 떨궈 놓는 건 어떨까? 악어나 아나콘다, 그리고 표범 같은 맹수도 약간 풀어 놓는 것도 곁들여서.'

'그냥 그렇게만요?'

'아니. 데스봇도 당연히 투여하지. 레벨 5정도로.'

하루에 한 번 30분 동안 온몸이 불에 타는 듯한 작렬감으로 몸부림치게 하는 것이다. 비명은 덤이다.

'그러다 악어나 아나콘다 등을 만나면요?'

'그건 내가 알 바 아니지.'

도저히 견딜 수 없어 처절한 비명을 지르며 발버둥 칠 때 맹수가 다가오는 장면이 상상된다.

'그럼 재미없을 것 같아요.'

'왜?'

'그럼 너무 쉽게 잡아먹히니까요.'

'그래. 그건 그렇지. 그래서 어떻게 하자고?'

'데스봇 레벨을 3으로 낮추는 거 어때요? 그럼 도망은 다닐 수 있잖아요.'

이는 하루에 한 번 손가락이나 발가락이 잘린 듯한 통증을 느낀다. 엄청나게 아프기는 하지만 초인적인 인내로 꾹 참아 견뎌내면 몸을 움직일 정도는 된다.

저절로 비명이 나올 정도이기는 하지만 이것 역시 온힘을 다해 억제하려고 하면 불가능하지 않다.

입을 꾹 다문 채 최대한 숨을 참으면 된다.

그런데 온몸이 불에 타는 듯한 작렬감은 제 자리에서 몸부림치며 비명을 지르는 것 이외엔 할 수 있는 게 없다.

그런 소리와 움직임은 악어와 아나콘다, 표범 등을 불러들이는 요인이 된다. 하여 몸부림치다 잡아먹힌다.

도로시는 이 대목을 지목한 것이다.

그래서 레벨 3로 낮추면 엄청 고통스럽지만 비명을 지르지 않으려고 숨을 꾹 참는 등의 행위로 움직임과 소리를 삼춰 위험을 모면할 수 있을 것이다.

그래봤자 후각 예민한 표범으로부터 안전한 것은 아니다.

'그런 사이트로 재미 보는 게 2만 명 가량이라고 했지?'

'네, 정확히는 2만 893명이에요.'

'좋아! 그럼 방금 이야기한 대로 적당한 무인도 찾아서 놈들을 풀어놔.'

'인원이 많으니 악어와 아나콘다는 각각 10마리, 그리고 코모도 도마뱀과 표범은 4마리 정도 풀어놓고.'

'식량은 하루에 한 끼 산신히 먹을 정도만 제공할게요.'

'식량은 무슨! 아무것도 주지 마. 알아서 생존하라고. 그런 놈들은 숨 쉬는 공기조차 아깝잖아.'

'알겠어요. 조치를 취할게요.'

며칠 후, 전국 각지에서 의문의 실종사건이 발생한다. 그 숫자가 2만 명이 넘었지만 호들갑은 떨지 않는다.

너무 많은 죽음을 겪으면서 익숙해진 때문일 것이다.

이들은 전부 한반도로부터 엄청나게 멀리 떨어진 열대의 어느 무인도에 떨궈진다.

모두 실오라기 하나 걸치지 않은 알몸이다. 신발도 신지 않았고, 안경과 휴대폰도 없다.

반지, 목걸이, 팔찌도 없으며 머리에 꽂는 실핀조차 없다.

처음 이곳에서 정신을 차렸을 땐 대체 이게 무슨 상황인가 싶은 표정들이었다.

그러다 꿈이 아니라는 걸 알게 된 사람들은 두리번거린다.

도저히 믿을 수 없는 상황이니 혹시 몰래카메라로 찍는 건 아닌가 싶었던 모양이다.

얼마 지나지 않아 그리 크지 않은 무인도에 있음을 알게 되었다. 사방이 탁 트인 봉우리 위쪽 편평한 곳에 내려놓았기에 넘실거리는 푸른 바다를 볼 수 있었던 것이다.

여성보다는 남성이 압도적으로 많은데 처음엔 서로를 보며 몹시 부끄러워했다. 모두 발가벗고 있으니 당연한 일이다.

하지만 그 시간은 그리 길지 못하다.

느닷없이 나타난 악어 한 마리가 뒤쪽에 있던 사내 하나를 덥석 물고는 질질 끌고 가는 때문이다.

"아아악! 사, 사람 살려. 아아악!"

치안 좋기로 유명한 대한민국에선 상상도 할 수 없는 장면이다. 그래서 그런지 다들 잠시 멍한 표정이다.

하지만 이 또한 그리 길지 않은 시간이다.

문득 정신을 차린 사람들부터 공포에 질린 비명을 지르며 산지사방으로 흩어지기 시작한다.

그리곤 울창한 밀림 속으로 사라졌는데 얼마 지나지 않아

곳곳에서 비명소리가 터져 나온다.

졸지에 무인도에 떨궈져 굶주린 상태인 악어와 아나콘다, 코모도 도마뱀, 그리고 표범의 사냥이 시작된 것이다.

하루에 약 40여 명이 죽어나가는데 도망갈 방법은 없다.

망망대해 한복판의 무인도인데다 파도가 거칠다.

그리 멀지 않은 곳에서 상어의 지느러미들이 보인다. 바다로 나가면 얼마 지나지 않아 목숨을 잃을게 뻔하다.

뭐라도 있으면 구조신호라도 보내겠건만 완전한 알몸이다.

여기저기 마른 나뭇가지들이 널려 있기는 하지만 아무 도구없이 불 피우는 건 쉬운 일은 아니다. 설사 그렇게 하더라도 구조의 손길이 있을 것이라고 확신할 수 없다.

게다가 언제, 어떤 놈이, 어떻게 덮칠지 모른다. 하여 하루 종일 공포에 질린 얼굴로 은신처를 찾아 헤맨다.

그러다 위기가 닥치면 높은 나무 위로 올라가기도 한다. 그런데 표범은 나무를 아주 잘 타는 맹수이다.

하여 다가오는 맹수의 시퍼런 안광에 질려 두려움에 떨다 떨어지는 놈이 있다.

아주 높은 곳은 아니지만 떨어지면서 충격을 받아 부상을 당하는데 불행은 이게 끝이 아니다.

어느새 다가온 악어와 아나콘다, 그리고 코모도 도마뱀이 무시무시한 아가리를 쩍 벌리고 있는 때문이다.

이를 숨죽여 지켜보던 자들의 눈에는 공포가 엄습한다.

그러다 문득 엄청난 통증이 엄습한다. 손가락이 잘려 나가듯한 고통이지만 감히 비명을 지를 수는 없다.

"윽! 으윽! 으으으윽! 크헉! 으으윽! ……!"

엄청나게 아프지만 애써 비명소리를 삼킬 수밖에 없다. 그러면 다음이 본인 차례라는 걸 본능적으로 느끼기 때문이다.

게다가 멀지 않은 곳에서 누군가 맹수에게 잡혀먹는 중이다. 사람의 팔을 물고 이리저리 흔들어 뽑아내곤 으그적 으그적 씹는 코모도 도마뱀은 다큐멘터리에서나 보던 놈이다.

그놈이 씹고 있는 팔은 본인이 운영하던 사이트의 자유게시판 운영자의 것이다.

한 줌도 안 되는 권력에 취해 이용자들이 조금이라도 실수하면 바로 ID를 차단하고는 음흉한 웃음을 짓던 놈이다.

비명을 삼키는 동안 또 다른 코모도 도마뱀이 다가가 놈의 허벅지를 물어뜯는다. 이때까지도 숨이 끊어지지 않았는지 비명소리가 터져 나온다.

"아악! 끄아아아악!"

잘린 혈관에서 뿜어지는 선혈이 바닥을 적시고 있지만 코모도 도마뱀은 식사에 여념이 없다.

으그적, 와그작, 쩝쩝, 텁텁, 쩝쩝, 와그작! 와그작! ……

산 채로 뼈까지 씹어 먹히는 놈은 죽는 순간 무엇을 생각했을까? 본인이 저런 경우라면 하는 생각을 하고 있을 때 문득 노린내가 느껴진다.

흘깃 뒤를 돌아보는 자의 시선엔 금방 공포가 어린다.

사냥에 실패한 굶주린 표범이 살금살금 다가오던 중이기 때문이다. 시선이 마주치자 앞뒤 가리지 않고 튀어나간다.

"으아아아아! 사람 살려. 사람 살려."

고함소리에 놀란 코모도 도마뱀 하나가 시선을 돌린다.

그리곤 재빨리 다리를 놀려 도주하는 놈의 뒤를 따르기 시작한다. 보기보다 맹렬한 속도이다.

표범도 놀고 있지는 않다. 먹잇감을 빼앗기지 않기 위해 사이트 운영자의 뒤를 맹렬히 쫓는다.

코모도 도마뱀은 체중이 무거워 높은 나무 위로는 오르기 어렵다. 그러니 추격하면서도 도주하는 놈을 끌고 올라갈 만한 나무를 물색한다.

당연히 아나콘나가 없어야 하는 것이다.

한편, 죽어라 뛰어가던 사이트 운영자는 울창한 숲으로 뛰어들었으나 이내 멈출 수밖에 없다.

똬리를 틀고 있던 아나콘다와 시선이 정면으로 마주친 때문이다. 그 순간에도 오른쪽 손가락 전체가 잘려나간 듯한 통증은 계속되고 있다. 다만 지나친 공포 때문에 그 고통을 살짝 잊고 있을 뿐이다.

잽싸게 사방을 훑어보고 좌측 바위틈으로 뛰어든다.

사람 하나가 간신히 비집고 들어갈 틈만 있을 뿐 사방이 꽉 막힌 곳이다.

간신히 살았다 싶었지만 어디로든 도망갈 길은 없다.

아나콘다가 혀를 날름거리며 다가서려는 찰나 코모도 도마뱀과 표범이 동시에 당도한다.

셋이 서로를 견제하는 순간 사이트 운영자의 입에서 비명이 터져 나온다. 잊고 있던 통증이 뇌리를 엄습한 것이다.

"크아악! 으아아악!"

너무 아파 몸부림이라도 쳐야할 것 같은데 옴짝달싹도 할 수 없을 정도로 좁은 곳이다.

바로 이때 큼지막한 지네 한 마리가 놈의 불알을 문다.

따끔—!

자신의 거처인 음습한 곳을 무단으로 침범한 것으로도 모자라 시끄러운 비명을 지른 것에 대한 응징이다.

지네에게 물리면 통증이 느껴지고 퉁퉁 붓는다.

그럼에도 아직은 느끼지 못하고 있다. 더 큰 고통을 감내해내기에도 바쁜 때문이다.

한편 아나콘다와 코모도 도마뱀, 그리고 표범의 대치 및 견제는 끝나지 않았다.

바위틈에 끼인 채 밖의 상황을 살펴보던 사이트 운영자는 문득 느껴지는 이상함에 손을 내려 보지만 불알에는 미치지 못한다.

너무 좁아서 옴짝달싹도 하기 힘든 상황인 것이다.

곧 잡아먹힐지도 모른다는 두려움 때문에 질린 상황인데

이번엔 발목이 따끔하다.

자신의 영역을 침범한 침입자를 내쫓기 위함이다. 하지만 사이트 운영자는 아직 통증을 느끼지 못하고 있다.

과노한 공포가 미처 그를 감시하지 못하게 한 것이다. 그 순간 물린 부위가 퉁퉁 부어오른다. 한편, 불알에선 수포가 돋아나고 있고, 발목에선 두드러기가 생기고 있다.

이 와중에도 손가락이 무딘 작두에 의해 짓뭉개지면서 잘려나가는 듯한 통증이 엄습한다.

"으윽! 으으으으윽!"

너무나 견디기 힘든 통증 때문에 미칠 지경인데 서서히 숨이 차오른다. 지네의 독이 작용하기 시작한 것이다.

이어서 불알과 발목 주면에 붉은 반점이 생겨나고, 가려움이 느껴진다. 하지만 손으로 긁을 수조차 없는 상황이다.

미치고 환장할 상황이지만 바위틈 밖으로 나갈 수 없다.

그러는 즉시 자유게시판 담당자처럼 산 채로 사지가 찢겨나가 맹수들의 먹잇감이 됨을 알기 때문이다.

밖을 바라보니 셋의 대치는 아직 끝나지 않았다. 그러면서도 바위틈에서 시선을 떼지 않는다.

배는 고픈데 먹잇감이 있으니 포기할 수 없는 것이다.

"으으! 으으으으!"

따끔—!

두 번이나 물었음에도 침입자가 나가지 않자 이번엔 허벅지

안쪽을 물었다. 갑작스레 심한 가려움이 느껴졌지만 안타깝게도 손이 닿지 않는다.

사이트 운영자는 그 가려움을 조금이라도 덜기 위해 이리저리 몸을 움직여 바위에 비벼보지만 어림도 없다.

그러는 사이에 표범이 사라졌다. 코모도 도마뱀의 위협에 줄행랑 친 것이다.

사람들은 잘 모르는데 코모도 도마뱀에게 한 번 물리면 곧바로 이빨 사이의 독이 주입된다. 그러면 서서히 혈압이 떨어지게 되고 하루 안에 죽게 된다.

잠시 후 아나콘다 역시 물러났다.

최후의 승자가 되어 홀로 남게 된 코모도 도마뱀은 사이트 운영자가 숨어 있는 바위틈 바로 앞에 당도했다.

그리곤 혀를 날름거리며 대가리를 들이민다.

"아아악! 비, 비켜! 비키란 말이야."

겁에 질린 사이트 운영자는 조금이라도 다 안쪽으로 들어가려 몸을 접으며 발버둥친다.

다행히 입구가 좁아 더 이상의 진입은 없다. 그런데 악취가 심하다. 코모도 도마뱀의 침 냄새와 사이트 운영자가 지린 오줌 냄새가 섞인 결과이다.

잔뜩 긴장한 사이트 운영자는 어떻게든 안쪽으로 파고 들려하고 코모도 도마뱀은 집요하게 혀를 날름거리며 들어오려고 한다.

이런 대치가 이어질 때 멀지 않은 곳에서 비명소리가 들려온다. 불법 도박 사이트 관계자가 아나콘다의 동체에 둘둘 감긴 채 지르는 소리이다.

갈비뼈가 부러지며 폐를 찌르자 고통에 찬 비명을 지르지만 도움의 손길은 어디에도 없다.

얼마 지나지 않아 사이트 운영자는 코모도 도마뱀에 의해 끌려 나온다. 잔뜩 오므렸던 다리에 쥐가 나서 이를 풀려고 뻗었을 때 놈의 혀에 휘말린 결과이다.

"아악! 아아아악!"

사이트 운영자가 비명을 지를 때 코모도 도마뱀은 놈의 팔 한 짝을 씹어 먹고 있었다.

자유게시판 관리자처럼 산 채로 씹어 먹히고 있던 것이다.

본인의 기분은 어떨지 모르지만 제 3자 입장에서 보면 몹시 통쾌한 모습이다.

악인의 말로로 가장 적합한 모습이며, 곧 지옥으로 가는 것처럼 보일 것이기 때문이다.

어쨌거나 세상을 좀 먹던 쓰레기 하나가 뒈진다. 쓰레기 사이트 하나가 역사의 뒤안길로 사라지는 순간이다.

Chapter 04

공포가 만연된 섬

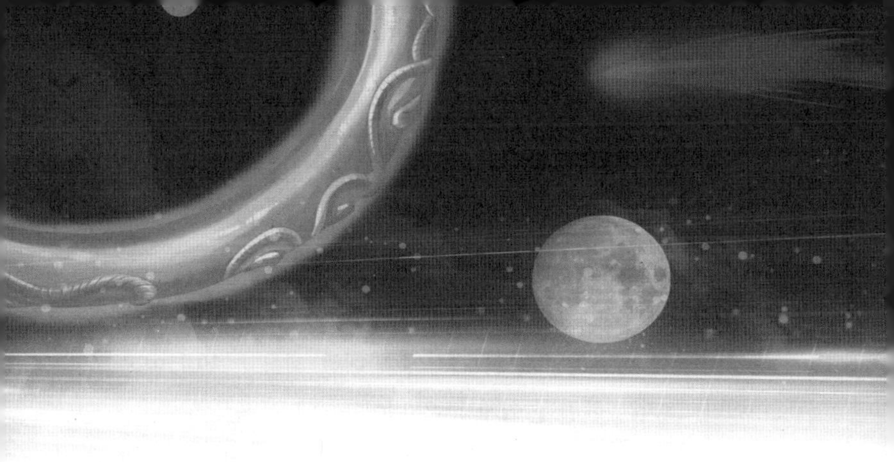

멀지 않은 곳에선 불법 도박 사이트 관계자의 축 늘어진 상체가 아나콘다의 아가리에 걸려 있다. 그의 하체엔 낚시 바늘처럼 날카로운 이빨들이 박혀 있다.

어떻게든 빠져나오려고 발버둥치자 살을 파고 든 것이다.

각각의 상처들로부터 흘러나오는 선혈을 즐기기라도 하는 듯 아나콘다의 움직임은 잠시 멈춰 있다.

하지만 그 시간은 그리 길지 않다. 잠시 후 나머지 상체 까지 아나콘다의 아가리 속으로 사라지고 있다.

일련의 상황을 보고 있는 이들은 상당히 많다. 공통점은 울창한 잎사귀로 가려진 높은 나무 위에 있다는 것이다.

평생을 나무 위에서 살지 않는 한 언젠가는 맹수들의 식량이 될 운명이다. 이를 회피할 방법은 전무하다.

무인도 인근을 지나는 배가 있더라도 섬 자체가 보이지 않는다. 마법으로 인식 장애를 일으켜놓은 결과이다.

아무튼 국민들의 정신 건강에 막대한 해를 끼치던 연놈들이다. 그러는 한편 손쉽게 돈을 벌어들였다.

불법행위로 인한 취득이니 당연한 환수 대상이지만 현재의 정부는 그럴 여력이 없다.

더 시급한 일이 너무나 많은 때문이다.

그렇다고 그냥 놔두면 독버섯처럼 은밀히 번질 것이다.

사용자들의 정신건강에 심각한 해를 끼치는 일이며, 불법을 저질러도 된다는 도덕적 해이를 갖게 하는 일이다.

그리고 불법 도박으로 많은 돈을 잃게 하여 인생을 나락으로 떨어뜨리는 일이다.

아무튼 벌어들이는 돈이 많아지자 대다수 사용자들을 우습게보기 시작했다. 그렇기에 아주 사소한 실수만 저질러도 곧바로 차단시키는 불편함을 주었다.

그리곤 보이지 않는 곳에서 킬킬거리며 '뷰웅신' 이라는 소리를 내곤 하였다.

졸지에 차단된 사용자들은 결국 새로운 ID를 만들어 다시 가입한다. 불법에 중독된 때문이다.

그리고 한동안은 자동등록방지 숫자를 매번 입력해야 하

는 불편함을 겪게 된다.

사용자 본인도 불법 복제된 저작권 있는 파일들을 다운로드 하는 것이 잘못된 것이라는 걸 안다. 그럼에도 이 사이트를 떠나지 못하는 이유는 공짜이기 때문이다.

무료로 다운받는 것이 계속되면 그 다음부터는 저작권이 보호되어야 한다는 사회적 합의를 잊게 된다.

다른 것들도 비공식적인 루트를 통해 공급받으려 하는 것이다. 이는 크게 잘못된 행위이고, 결국은 자승자박(自繩自縛)이 되는 일이다.

정당한 대가를 지불하는 것은 저작권자들이 더 좋은 작품을 만들 수 있는 환경을 갖춰주는 것이다. 그러면 다음엔 더 괜찮은 작품을 만날 수 있다.

그러지 않고 계속 저작권을 무시하면 점점 더 퇴화되는 것만 만나게 된다.

예를 들어, 어떤 작가가 소설 한편을 썼다. 아주 냉정히 등급을 매겨보니 A, B, C, D, E 중 C등급 정도이다.

독자들이 이 작품을 정당한 방법으로 구입하여 읽게 되면 저작권자에게 소정의 원고료가 지불된다.

덕분에 생활이 안정된 작가는 더 치밀하게 구상하고, 더 많은 자료 수집을 하여 작품의 질을 올리려 한다.

이렇게 하여 내놓은 글은 최소가 C등급이고, 어쩌면 B나 A등급이 될 수도 있다.

그 다음 작품은 더 좋아질 것이다. 글을 쓰면서 문장력이 자연스레 발전하기 때문이다.

이를 읽는 독자들은 얼마나 기분 좋겠는가!

그런데 이 작가의 처녀작이 불법복제 파일이 되어 인터넷을 떠돈다고 생각해보자.

애써 글을 썼는데 생계에 전혀 도움이 되지 않는다.

약간의 용돈벌이밖에 되지 않는다면 굳이 매달려 좋은 글을 쓰려고 애쓰지 않는다. 그러면 그 다음 작품은 좋아봤자 C이고, D나 E로 평가될 수도 있다.

분명 같은 작가인데 어떤 환경이 조성되느냐에 따라 차기작이 A등급이 되거나 E등급이 될 수도 있는 것이다.

물론 작가가 배부른 돼지라면, 또는 아무리 써도 문장력이 늘지 않는 문학에 소양이 부족한 사람이라면 아닐 수도 있다. 케이스 바이 케이스인 것이다.

그럼에도 사이트 운영자는 선순환이 될 수 있는 길을 고의적으로 차단했고 그 과정에서 사욕(私慾)을 채웠다.

그러니 당연히 처벌받아야 한다.

그리고 그 결과는 산 채로 무시무시한 코모도 도마뱀의 한 끼 식사로 전락하는 것이다.

죽기 전까지 엄청난 공포와 고통을 느꼈을 것이다. 이 정도면 축생(畜生)의 죽음이라 하겠다.

어쨌거나 무인도에서는 매일매일 비명이 터져 나오고, 으적

으적 씹히는 소리가 들린다.

나중의 일이지만 현수는 이 섬은 공만도(恐漫島)라 한다. 공포가 만연된 섬이라는 뜻이다.

'근데 그 섬은 시간이 지남에 따라 점차 인원이 줄지?'

'아무래도 그렇겠죠.'

'그럼 애써 잡아다 놓은 악어와 아나콘다, 그리고 표범과 코모도 도마뱀 역시 아사(餓死)하잖아.'

'뭐 다시 옮겨놓으면 되지 않겠어요?'

'사람 잡아먹던 놈들이 다른 짐승을 사냥하려고 할까?'

야생 동물은 가죽 위에 털이 무성하다. 날카로운 발톱이나 이빨로 저항할 때도 있다.

이에 반해 발가벗겨진 인간은 야들야들할 뿐만 아니라 변변한 저항조차 하지 못한다.

도망가려고 하기는 하지만 속도가 느리다.

악어나 아나콘다 입장에서 어떤 것이 사냥하기 쉽겠는가!

게다가 식감도 좋다. 털이 없고, 뼈가 굵지 않은 것이다.

그러니 인간을 사냥하던 짐승들은 제자리에 데려다 놓으면 안 된다. 애꿎은 희생자가 발생할 수 있는 것이다.

'그럼 어떻게 해요? 그냥 놔둬요?'

사방이 바다라 도망갈 곳은 없고 섬에는 먹이가 없다. 서로 잡아먹겠지만 그것도 언젠가는 끝이다.

'먹이를 계속 공급해주면 되잖아.'

'에? 누구를요?'

'쪽발이 중에 혐한하는 애들 많잖아.'

'진심이신 거죠?'

'응! 특히 영토문제와 역사왜곡에 동조하던 것들부터 잡아다 놔.'

'……!'

잠깐 도로시의 대꾸가 없었다. 얼마나 많은지 파악하는 중이다. 그러거나 말거나 현수의 말이 이어진다.

'이순신 장군께서 하신 말씀이 있어.'

'저도 알아요. 일본지인변사만단(日本之人變詐萬端) 자고미문수신지의야(自古未聞守信之義也)라고 하셨죠.'

이를 직역하면 다음과 같다.

왜놈들은 속이고 사기 치는 것이 수도 없었으니, 예로부터 믿음의 도리를 지켰다는 말을 이제껏 들어본 적이 없다.

이 말은 현재 이렇게 전해지고 있다.

왜는 간사하기 짝이 없고,
신의를 지켰다는 말을 들어본 적 없다.

충무공께서는 쪽발이들의 성향을 확실하게 꿰고 계셨던 모양이다. 그러니 끝까지 쫓아가서 박멸하려 하셨다.

한편, 현재의 왜놈들은 식민지 시절에 저질렀던 악행을 전면 부인하고 있다.

아울러 사죄와 배상할 의사가 전혀 없다.

오히려 호시탐탐 독도를 노리고 있으며, 한국을 어떻게 하면 궁지로 몰지 궁리하던 중이다.

물론 이런 궁리는 현재 딱 끊긴 상태이다.

기존의 내각 대신들 및 그들의 보좌관들까지 전부 뇌사상태로 발견되었기 때문이다.

하여 새롭게 인선(人選)을 하고 있는데 다시 내각이 구성되면 이 궁리는 계속 이어질 것이다. 아직 사회적 분위기 전반이 바뀐 것은 아니기 때문이다.

이를 어찌 그냥 놔둘 수 있겠는가!

완전 박멸이 정답이다. 그런데 문제가 있다.

지나의 한족(漢族)은 스위티 클로버 제품으로 대를 완전히 끊어놓을 수 있다.

100년 이내에 지구상에 한족 유전자를 제로로 만들 수 있는 것이다.

특유의 유전자를 가졌으면 불임되게 하여 더 이상의 후손을 낳지 못하도록 하면 된다.

그런데 일본엔 이 방법을 쓸 수 없다. 불행히도 한국인과 일본인의 유전자가 98%나 일치하고 있기 때문이다.

그렇다면 남은 방법은 둘이다.

하나는 열도 전체를 불시에 침몰시켜 모조리 몰살시키는

것이다. 1억 명이 훨씬 넘지만 그게 무슨 상관인가!

지나는 대홍수로 이미 6억 명 이상이 죽었고, 현재에도 빠른 속도로 인구가 감소하는 중이다. 식량 부족으로 서로 잡아먹고 있으니 계속 줄어들 것이다.

두 번째는 옥석을 가르는 것이다. 살려둘 가치가 있는 사람들만 남기고 나머지는 세상에서 지운다.

그런데 매우 번거롭다. 일일이 확인하는 작업이 필요하고 그 숫자가 결코 만만치 않을 것이기 때문이다.

전자는 광자포나 마나포를 이용하여 단숨에 지진과 해일을 일으켜 해결할 수 있다. 그러면 한국에 호의를 가진 사람이나 재일교포들까지 모조리 수장된다.

따라서 둘 중 하나를 고르라면 전자가 훨씬 편하다. 그럼에도 도로시는 2번을 고르라고 강요한다.

애꿎은 사람들까지 희생시켜선 안 된다는 것과 소수의 선량한 사람이 있다는 것이다.

'알았어, 알았어! 대신 한 번이라도 헛소리를 했던 것들은 예외가 없는 거야.'

'알겠어요. 과거의 모든 행적을 샅샅이 뒤져볼게요. 그래서 조금이라도 꼬투리가 잡히면 바로 발본색원할게요.'

이로서 자민당에 속하지 않은 상태로 혐한을 하던 것들의 운명이 결정되었다.

'꼭 그렇게 해야 해.'

'알았어요. 근데 인원이 제법 많을 거 같아요.'

공만도는 2만 명 정도를 예상하고 낙점한 섬이다.

찾아보면 다른 섬이야 있겠지만 더 큰 섬엔 사람이 살거나 서방 언론에 노출될 확률이 높다.

문제는 잡아다 놓을 인간의 숫자가 상당히 많다는 것이다. 도로시는 빠르게 연산을 해보았는데 최소 1,500만 명이다.

이들을 한꺼번에 데려다 놓으면 악어와 아나콘다 등이 압사 당한다.

신문지 한 장을 펼쳐놓고 그 위에 50명 이상을 올려놓는 꼴이 되는 때문이다.

다시 말해 섬은 작은데 데려다 놓을 인간이 너무 많다. 하여 아나콘다 등의 숫자가 적으면 부지하세월이다.

'그래? 그럼 순차적으로 데려다 놓고, 악이랑 아나콘다 등을 더 많이 잡아다 놔.'

'알겠어요. 잘 조절해볼게요.'

도착하고 얼마 지나지 않아 죽게 하는 것보다 상당 기간 굶주린 상태에서 극심한 공포를 경험하게 해야 한다.

그러려면 아나콘다와 악어 등을 얼마나 더 잡아다 놔야 할지 계산해보겠다는 뜻이다.

혐한하던 쪽발이 1,500만 명의 운명을 정하는 대화를 마치고 얼마 지나지 않았을 때 인경이 들어선다.

"버스 왔어요. 출발하시죠."

"아! 그래? 그럼 나도 버스 타고 갈까?"

"그냥 승용차로 이동하시는 게 낫지 않을까요?"

비서실 직원들이야 현수를 가까이에서 볼 수 있어 좋겠지만 편안한 이동은 되지 못할 것을 우려한 것이다.

"에고, 알았어."

비서실 인원은 버스 3대에 나눠 타고 워커힐로 향했고, 현수와 인경, 그리고 지윤은 벤틀리를 타고 이동했다.

총기 사용이 엄격히 금지되고, 세계 최고의 치안을 자랑하지만 신일호 등은 삼엄한 경계를 펼친다.

점심은 만족스러웠다. 손님이 많지 않아 붐비지 않았고, 음식의 맛은 아주 괜찮았다.

맥주와 와인을 무제한으로 즐길 수 있지만 오후 업무가 있는데 어찌 술을 마시겠는가! 하여 레모네이드와 오렌지주스, 그리고 더치커피 등으로 만족해야 했다.

딱 하나 불편한 사람이 있었는데 바로 현수이다. 식사하는 내내 비서실 직원의 시선이 집중되었던 때문이다.

무엇을, 어떻게, 얼마나, 어떤 방식으로 먹는지 연구하는 사람들 같아서 약간 불편했다.

하지만 어쩌겠는가! 흠모와 존경의 시선으로 바라보고 있는데 짜증 낼 수는 없다. 하여 얌전히 식사만 즐겼다.

조인경과 김지윤은 이것도 드셔보라며 온갖 음식을 가져와서 테이블이 가득 찼다. 그런데 이수린과 이은정도 접시를 들고 나타났다. 기존 4인방이니 다른 자리로 가라고 할 수 없어 불편한 식사를 했다.

여자들이 먹는 양이라고 해봐야 거기서 거기다. 그럼 나머지 전부를 혼자 먹어야 하는데 적어도 일곱 접시는 된다.

모두 수북해서 보는 것만으로도 질릴 지경이다.

하지만 꾸역꾸역 다 해치웠다. 생각해서 가져온 정성이 갸륵해서라도 남길 수 없었던 것이다.

물론 아주 야무지게 싹 다 발라먹은 것은 아니다. 어쨌든 배가 터질 지경이 되고서야 점심식사가 끝났다.

일행은 다시 버스를 타고 회사로 복귀했다. 그냥 퇴근하라고 하기엔 너무 이른 시각이었기 때문이다.

회사로 돌아온 현수는 몇 가지를 지시했다.

국내 팀과 해외 팀 모두에게 주는 첫 번째 임무라 그런지 다들 아주 의욕적이다.

인경의 전언에 따르면 비서실은 완전한 독립기구이다.

천지건설 안에 있고, 회사에서 급여를 지불하지만, 개인적인 업무를 배정해도 된다.

비서실에서 무엇을 하든 건설에 관한 것은 결국 천지건설로 귀결될 것이라는 계산을 한 모양이다. 아울러 어떤 일이 진행되고 있는지를 쉽게 파악할 수 있다.

그러지 않아도 건설에 관한 것은 모두 천지건설에 몰아줄 생각이다. 혼자서 다 먹지 못할 만큼 큰 덩어리들은 알아서 다른 회사들에게 나눠주게 될 것이다.

한국의 건축기술은 이미 세계 최고의 반열에 올라 있다.

다른 나라 건설사들이 도저히 할 수 없다고 손사래를 치는 난공사라도 한국 건설사에 맡기기만 하면 정해진 공기(工期) 내에 훌륭하게 완수해낸다.

현재의 천지건설엔 그런 공사를 수행했던 전문가들이 즐비하다. 1군 건설사들의 엘리트 내지 핵심 기술진이 이번 공채 모집 때 상당수 자리를 옮긴 결과이다.

쌍용건설은 싱가포르의 랜드마크가 된 마리나 베이 샌즈(Marina bay sands)를 지은 건설사이다.

이 호텔은 디자인이 매우 독특한 것으로 유명하다.

나란히 선 3개의 큰 건물이 있는데 각기 2개의 건물이 50° 정도 기울어진 채 서로 맞대어 지탱하는 형태이다.

그리고 이것들의 위에는 3개 동을 연결하는 무려 6만 톤에 달하는 스카이파크가 얹혀 있다.

3개의 큼지막한 기둥 위에 길쭉한 배 한 척을 올려놓은 듯한 모습이다.

옥상엔 인피니티 풀이 있다. 길이가 무려 250m나 된다.

공사 난이도가 너무 높아 세계 각국의 내로라하는 건설 업체들이 달려들었다가 시공방법을 찾지 못하거나 도저히 공사 기간을 맞출 수 없어 포기한 바 있다.

그런데 쌍용건설이 맡아서 완공시켰다.

압권(壓卷)은 완공 후 설계자 모세 샤프디가 한 말이다.

이걸 설계하기는 했지만 신짜로 이렇게 지어실 것이라는 생각지 못했다. 대단하다. 쌍용건설!

최고난이도 공사를 마친 이 회사는 지난해 7월부터 또 하나의 호텔을 짓기 시작했다.

위치는 두바이의 팜 주메이라(Palm Jumeirah) 인공섬이다. 이 건축물의 이름은 '아틀란티스 더 로얄' 이다.

최고 44층짜리 초특급 호텔 3개 동과 39층짜리 최고급 레지던스 3개 동을 지어 올리는 것이다.

이 역시 디자인이 독특하다. 마치 레고 블럭을 듬성듬성 끼워 올린 듯한 외양이다.

하여 이 또한 고난이도 공사이다.

전문가들은 두바이의 랜드마크가 된 부르즈 할리파 시공 때보다 훨씬 더 어려울 것이라 예측했다.

그럼에도 아무 문제없이 계획대로 건축되고 있다.

원래 역사대로라면 2023년 초에 무사히 완공될 것이다.

대한민국의 건설기술을 또 다시 세계만방에 보여주는 쾌거라 할 수 있을 것이다.

그런 쌍용건설의 주요 기술자들이 대거 천지건설로 적을 옮졌다. 훨씬 더 많은 기회를 얻을 수 있기 때문일 것이다.

쌍용건설뿐만이 아니다. 대우건설, 현대건설, 삼성건설, GS 건설 등의 주요 기술진들도 대거 자리를 옮겼다.

이들이 천지건설로 적(籍)을 옮긴 이유는 홈페이지에 게시된 각종 건축물의 투시도와 조감도 때문이다.

참고로, 투시도(透視圖)는 건물 아래에서 건물을 바라보는 그대로 그린 그림이고, 조감도(鳥瞰圖)는 높은 곳에서 아래를 내려다본 것 같은 느낌으로 그린 것이다.

천지건설이 공개한 그림은 무려 1,800여 동이다.

전부 실제로 건축될 예정인 것들이며 현재 한창호 건축사 사무소에서 열심히 시공도면을 그리고 있다.

콩고민주공화국, 슬라브 3국, 몽골 등지에 지어질 것들인데 누가 봐도 멋지다는 말이 절로 나올 디자인이다.

관공서는 물론이고 각종 편의시설과 주거시설들이 망라되어 있다. 한창호 건축사는 1,800여 동만 짓는 것으로 끝날 것이라 생각하고 있다.

그런데 도로시의 데이터베이스에는 약 1,330만 개의 설계도가 더 보관되어 있다.

배치도, 입면도, 정면도, 우측면도, 좌측면도, 단면도뿐만 아니라 각종 상세도까지 완벽하게 갖춰져 있다.

전기, 수도, 냉난방, 공조 등 각종 설비도면 포함이다.

하여 당장이라도 시공할 수 있다. 따라서 한창호에게 내준 것은 그중 극히 일부인 것이다.

그것도 난이도가 그리 높지 않은 것들만 골라서 도면을 작성하게 한 것이다. 미래의 첨단공법이 도입되어야 하거나 마법이 적용될 것들은 모두 빼놓았다.

어쨌거나 각 건설사의 기술진들은 독특하면서도 멋진 디자인에 홀려 입사지원서를 제출했다.

물론 천지건설의 인심 좋은 급여 시스템과 넉넉한 후생복지, 편안한 근무환경도 한몫했을 것이다.

급여는 대한민국 최고수준으로 상향되었고, 후생복지는 모든 직장인이 부러워할 정도이다.

아침잠이 많은 이들을 배려한 탄력근무제는 기본이고, 본인이 원하는 사무도구들을 제공한다.

도로시는 지원자들의 이력(履歷)과 실력, 그리고 인성을 사전에 체크하여 합격 여부를 판단했다.

아울러 배속될 부서도 정해주었다.

혼자 업무를 추진할 때 강점을 보이는 사람과 팀을 이뤄 근무할 때 효율적인 사람을 구분하여 적재적소에 배치한 것이다. 최고의 결과를 뽑아내기 위함이다.

천지건설 인사부는 지시대로 발령을 냈고, 현재 맡은 임무를 완수하기 위한 자료조사 및 공부를 하는 중이다.

천지건설 기술진은 한창호 건축사사무소로부터 건네받은 도면을 면밀히 검토하여 공사 난이도에 따라 특상, 상, 중, 하로 구분하였다.

난이도 '특상'은 어떻게 시공해야 할지 감조차 잡기 어려울 정도로 정교한 시공을 요하는 것이다.

그래도 머리만 잘 굴리면 현재의 기술로 충분히 구현할 정도는 된다. 다만 천재적인 발상이 필요할 뿐이다.

예를 들자면, 한강 하류 가양대교와 마곡대교 중간에 구형(球形) 건축물을 조성하고, 그 위에 피라미드를 얹은 후, 다시 둥그런 건축물을 올리는 정도이다.

참고로, 한강 한복판에 짓는 것이며 각각 33층 규모이다.

아래의 구형 건축물은 극장, 쇼핑몰, 병원, 식당가, 오피스로 사용된다.

중간의 피라미드는 호텔과 레지던스 용도이며, 상부의 구형은 아파트로 사용될 것이다.

최상층의 옥상에는 접시형 휴게공간이 얹혀진다. 한강 주변을 조망할 수 있는 일종의 전망대 역할을 한다.

이 건축물의 지하는 용도별 창고와 주차장으로 사용되는데 지하 10층까지 있다.

각층의 면적은 약 1㎢이다. 가로세로가 각기 1㎞ 정도 되는 것이다. 이런 것이 지하 10층까지 있으니 10㎢ 이다. 이를 환산해보면 약 302만 5,000평에 해당된다.

이 중 1㎢는 창고로 사용되고, 9㎢는 주차장이다.

참고로, 윤중로 제방 안쪽의 여의도 면적이 약 3㎢이다. 따라서 여의도의 3배 면적인 주차장을 갖추는 것이다.

넉넉하게 자동차 한 대 필요면적을 30㎡로 잡는다면 총 30만 대, 40㎡로 잡으면 22만 5,000대를 주차할 수 있다.

아무튼 이를 건설하려면 가장 먼저 강바닥을 대규모로 헤집되 물이 스며들지 않게 해야 한다.

그 상태로 지하 10층 깊이 이상으로 파내려 가야하며 내부에서 기초를 다지는 등의 공법이 필요하다.

그런데 한반도는 지진으로부터 100% 안전한 것이 아니다. 하여 면진설계는 필수이다.

참고로, 지진 대비 용어로 면진, 제진, 내진 등이 있다.

면진(免震)은 구조물에 지진력이 전달되는 것을 차단하는 것이고, 제진(制震)은 장치로 지진 에너지를 흩어놓는 것이며, 내진(耐震)은 구조물의 내력으로 견뎌내는 것이다.

이 중 가장 복잡하고 많은 비용이 드는 것이 면진이다. 이를 하기 위해선 상당한 깊이가 필요하다.

이것만으로 60m 정도를 파내려 가야 한다. 강 한 복판이니 결코 쉽지 않은 일이다.

게다가 공사현장을 오갈 진출입로가 필요하다. 하여 강변북로와 올림픽대로 등과 연결된 왕복 6차선 통로도 2개 이상씩 뚫어야 한다.

어느 한쪽에 문제가 발생되었을 때 다른 쪽을 이용하려는 것이고, 교통체증을 완화시키기 위함이다.

추가로 3개의 노선이 지나는 지하철 환승역도 강바닥 아래에 지어놔야 한다. 장마로 인한 홍수까지 감안해야 하니 누가 봐도 결코 쉬운 공사가 아니다.

하여 난이도 특상에 해당된다.

한편, 난이도 '상'은 어떻게 해야 하는지 알기는 알겠는데 과연 생각대로 될 것인가 고개가 갸우뚱해지는 정도이다.

난이도 '중'으로 분류된 것들도 결코 범상치 않다.

마리나 베이 샌즈, 아틀란티스 더 로얄, 그리고 부르즈 할리파 정도가 널려 있는 것이다.

2018년에 착공하여 2022년에 개통될 터키 차낙칼레 대교 정도는 난이도 중으로 분류되어 있다.

세계 최장 현수교인 이것은 기존 1위였던 일본의 아카시 해협대교(1991m)보다 23m나 더 길다.

아울러 탑의 높이는 334m로 에펠탑보다 높다.

DL이앤씨와 SK에코플랜트의 기술력으로 시공될 예정이다.

가장 쉬운 난이도 '하'도 만만치 않은 것들이 널려있다.

콩고민주공화국 조차지에 세워질 정부종합청사는 123층짜리 빌딩 5개 동이 서로 마주보고 세워진다.

여기엔 왕국의 내무부, 국방부, 건설부 등 여러 행정부서들이 입주하게 된다.

뿐만 아니라 한국으로 치면 철도공사나 한국전력공사 같은 각종 공기업들 또한 입주한다.

이렇게 하면 유관부서와의 연락이 쉬워 행정처리가 엄청 빠르다는 장점을 가진다.

국가행정타운이라 불리게 될 곳의 중심부에 서게 되는데 이 건물들은 각기 다른 디자인을 뽐내게 된다.

각각의 높이는 600m여서 잠실 롯데월드타워와 층수는 같지만 45m가 더 높다.

그럼에도 난이도 '하'로 분류되었다. 현재의 기술로 얼마든지 건설할 수 있음이 그 이유이다.

참고로, 땅도 넓은데 이처럼 높이 짓는 것은 가급적 자연훼손을 적게 하려는 노력의 일환이다.

아무튼 기술자들은 이런 건물에 열광하는 중이다.

그 동안엔 경제적 이유, 제한된 부지, 국가에서 정한 각종 법과 규제 때문에 판에 박힌 듯한 건물만 지어왔다.

그런데 빼어난 디자인을 가진 랜드마크급 건물들을 지어볼 기회가 생겼다. 참여하기만 하면 본인의 이력에 한 획을 긋는 정도가 된다. 어찌 해보고 싶지 않겠는가!

그리하여 천지건설은 대한민국에서 가장 뛰어난 건축기술자들의 집합소가 되었다.

지원서류가 도착하면 그간의 행적을 통해 이기적이거나 모함, 모략, 무고를 할 소지가 있는 자들을 먼저 탈락시켰다.

아울러 기술을 빼돌릴 만한 여건에 놓인 자들도 불합격이다. 산업스파이가 될 소지가 있으면 사전에 차단한 것이다.

덕분에 새로 합류하게 된 임직원들은 인성이 괜찮다.

기술교류를 마다하지 않고, 서로에게서 뭐라도 배우려는 열망도 가졌다. 그래서 천지건설의 앞날은 장밋빛이다.

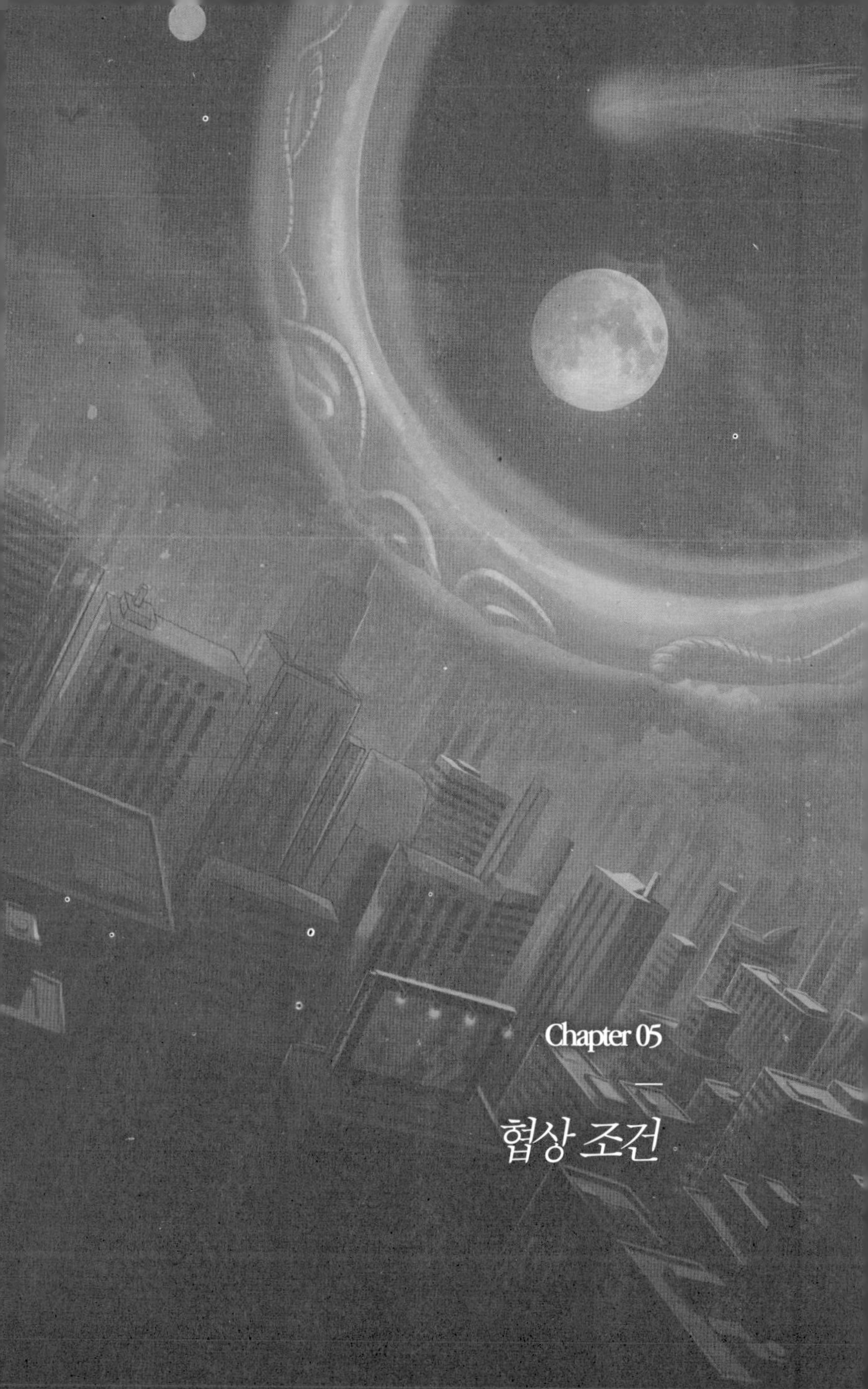

Chapter 05

협상 조건

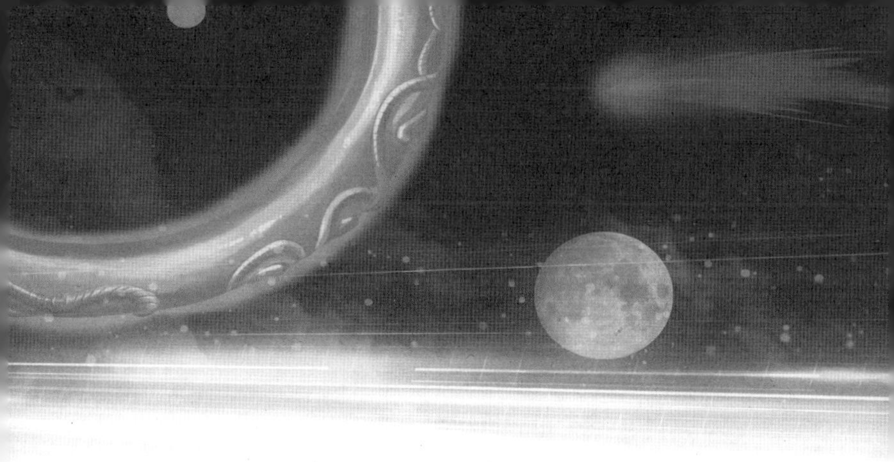

2017년 2월 3일 오전 9시.

현수는 본인의 집무실을 찾은 미국 대사 일행을 맞이하고 있다. 국내담당 조인경 상무이사는 현수의 뒤쪽에 있다.

"어서 오십시오. 하인스 킴입니다."

"만나서 반갑습니다. 윌리엄 헤이스팅스 미국 대사입니다."

"어제도 오셨는데 헛걸음 하게 해서 유감이네요."

"아유, 아닙니다. 기별도 없이 찾아온 제 잘못이지요. 그나저나 시차 때문에 고생하신다 들었습니다."

"네. 낮과 밤이 바뀌어 컨디션이 정상이 아니네요."

"당연히 그렇겠지요. 지금도 안 좋으신가요?"

"그렇죠. 아직은 완전치 않은 거 같네요."

"에고, 부디 빨리 좋아지시길 기원합니다.

"감사합니다. 아! 자리에 앉으시죠."

대사가 소파에 앉자 통역이 얼른 따라 앉는다.

현수는 한국어를 하고 대사는 영어를 쓴다.

서로 다른 언어를 쓰다보면 작은 뉘앙스 차이 때문에 오해가 생길 수 있어 대동한 모양이다.

현수는 미국에 아쉬울 게 하나도 없다. 따라서 어떻게 되든 상관없기에 개의치 않았다.

대사의 맞은편에 현수가 앉자 조인경은 다이어리를 들고 뒤쪽 보조의자에 앉는다. 현수 바로 곁에 앉아도 되지만 나름 예우를 갖춘 것이다.

"먼저 이실리프 왕국의 건국을 경하드립니다. 그리고 우리 미국은 왕국의 무한한 발전을 기원합니다."

"네, 축하해주셔서 감사합니다."

대사와 현수는 잠시 인사치레를 나눴다.

잠시 후 따끈한 홍삼차가 들여졌다.

향이 제법 진한 걸 보면 제법 오래 다린 듯싶다. 꿀을 넣었는지 단맛 뒤에 진한 홍삼의 향이 느껴진다. 하여 차를 마시는 동안 홍삼에 대한 이야기만 잠깐 오갔다.

대사는 한국에 온 이후 홍삼을 장복하고 있다면서 효능에 감탄하는 뉘앙스를 풍겼다. 그렇게 잔이 비워졌다.

"그나저나 축하 인사만 하러 오신 것 같지는 않네요."

"네! 북한이 사라지면서 의논할 일이 있어서요."

"음! 핵무기 때문인가요?"

대사는 대번에 핵심을 찔린 표정이다.

"… 그렇습니다. 어떻게 하실 건지요?"

"미국은 우리 왕국의 핵 보유를 저어하는 모양이네요."

"그건…!"

대사는 잠시 말을 끊었다. 사실 미국은 현수의 성향을 정확히 파악하지 못하고 있다.

미국과 연관된 사업을 하는 것도 아니고, 미국에 발을 들여놓았던 적이 있는 것도 아니며, 미국을 언급한 적도 없다.

하지만 러시아에선 블라디미르 푸틴과 매우 우호적인 분위기를 연출해냈다.

세계 최고의 투자자인 현수가 본격적으로 나서서 러시아의 자금을 불려주기 시작하면 미국과 서방이 공들인 각종 제재는 모두 물거품이 된다.

미국은 현재 러시아의 힘을 빼기 위한 다각적인 작전을 구사 중이다. 유가 조절 같은 것도 그중 하나이다.

하늘 높은 줄 모르게 유가가 오르면 러시아의 수입이 증대된다. 그러면 그에 걸 맞는 경제체재로 바뀔 수밖에 없다.

예를 들어, 어느 가정의 수입이 점점 더 많아지게 되면 따라서 지출도 늘어나게 된다.

그러다 앞으로도 계속 수입이 늘어날 것이라 예상하게 되면 더 넓은 아파트, 더 큰 승용차, 더 좋은 옷, 더 비싸고 좋아 보이는 장신구, 더 비싼 음식 등에 눈이 가기 마련이다.

하여 대출 끼고 대형 아파트를 구입하고, 비싼 외제차를 할부로 구입한다.

손가락엔 큼지막한 다이아몬드 반지를 끼고, 목에는 번쩍이는 목걸이, 팔목엔 비싼 시계를 찬다.

거실엔 비싼 안마의자 등을 들여놓고, 카페트 위엔 비싼 소파, 아트월엔 최고급 벽걸이 TV를 설치한다.

주방에는 최신 양문형 냉장고와 식기세척기, 거의 쓰지도 않을 오븐레인지 등을 들여놓는다.

이밖에 시스템 에어컨을 설치하고, 스타일러, 최신형 세탁기 및 건조기 세트도 사들인다.

주말이 되면 비싼 레스토랑이나 한우 전문점을 순례하는데 주중에도 심심치 않게 외식을 즐긴다.

그러다 차츰 먼 거리의 맛집까지 찾아다닌다.

전에는 서민의 애환을 달래주는 소주와 맥주로 만족했다면 점차 와인이나 위스키로 시선을 돌린다.

그리고, 점점 더 좋고, 비싼 것을 찾는다.

이쯤 되면 은행 잔고는 거의 없다. 수입이 늘었지만 그에 비례하여 지출 또한 크게 늘어난 때문이다.

많은 사람들이 남들에게 보여지는 것을 매우 중요시한다.

그래서 큰 아파트, 비싼 외제차, 값비싼 명품 옷, 명품 백, 비싼 다이아몬드 반지 등을 사들이는 것이다.

이는 조선시대 이전부터 전해지는 폐습(弊習)이다. 참고로, 폐습이란 '아주 나쁜 풍습' 이라는 뜻이다.

'체면치레' 라는 말이 괜히 있겠는가!

남들에게 보여주기 위해 일부러 어떤 행동을 하는 것인데 현재는 과소비가 그중 하나가 되었다.

본인의 형편을 넘어서는 지출을 계속하는 건 한계가 있다.

물론 수입이 계속해서 늘어난다면 충분히 감당할 수 있다.

그런데 갑자기 제 2의 IMF가 와서 회사가 망하거나 실직하게 되면 어떻게 되겠는가!

졸지에 수입이 끊기게 된다.

그렇더라도 저축을 충분히 해놨다면 당분간은 버틸 것이다. 그런데 과소비를 일삼던 사람들에게 과연 넉넉한 금융자산이 남아있을까? 있다면 얼마나 될까?

궁여지책으로 아파트와 자동차, 다이아몬드 반지, 명품 백 등을 내놓지만 살 땐 비쌌는데 팔려고 하니 똥값이다.

IMF 직후 서울의 부동산은 15% 정도 폭락했다. 그럼에도 매수자가 없어 처분에 애를 먹었다. 라돈 사태로 인해 쏟아졌던 매물들 또한 아무도 사지 않아 똥값이 되었다.

자동차는 번호판을 다는 순간부터 감가상각이 시작된다. 그리고 비싼 차일수록 하락폭이 크다.

예를 들어, BMW 7시리즈의 1년 감가상각율은 43.4%이다. 1년 만에 무려 5,600만 원이나 떨어진다는 것이다.

2위 아우디 A6 3,100만 원, 3위 재규어 XW는 약 2,430만 원이 하락한다. 참고로, 이는 미국 자동차 조사 전문업체인 아이씨카(iSeeCars)가 발표한 내용이다.

그리고, 한국에선 이보다 더 많이 떨어진다.

다이아몬드 반지와 명품백은 살 때는 엄청 비싸지만 팔려고 하면 헐값이 된다는 건 모두가 아는 일반상식이다.

수입이 끊기면 아파트 대출상환, 자동차 할부금, 밀려 있는 카드 값 등을 감당하기 힘들어진다.

있는 것 없는 것 다 팔아서라도 어떻게든 해결해보려 하지만 그런 건 없다. 그러다 어느 순간 자각(自覺)해보면 아파트도 차도, 다이아몬드 반지도 명품 백도 없는 몸이다.

집도 절도 없다는 말이 있다. 아무 데도 갈 곳이 없는 경우를 빗대어 이르는 말이다. 이를 풀이해보면 집이 없어도 갈 곳이 있었는데 그게 절이었다는 뜻이다.

과거의 절은 고단한 삶의 연속인 속세와 괴로움이 많은 인간 세상의 피난처 역할도 하였다. 부처님의 집인 절은 언제든 갈 수 있는 어머니의 품처럼 여겼던 것이다.

그런데 그런 절마저 없다면 어떠하겠는가! 그늘 한 점 없는 삭막한 사막에 서 있는 것과 같을 것이다.

그런데 대한민국은 엄청나게 냉정한 국가이다.

그래서 누군가 빠져나올 수 없는 궁지에 몰려 있다는 소문이 돌면 도와주기는커녕 일가친척은 물론이고, 친구와 지인들까지 싹 다 등을 돌려버린다.

그래서 결국 한강 수온을 재러 가게 되는 것이다.

그런데 마포대교 위에서의 투신은 지극히 이기적인 행동이다. 출동하는 경찰과 구급대원들이 얼마나 애 먹겠는가!

금방 찾으면 그나마 다행이지만 그러지 않으면 한강 하류까지 샅샅이 수색하는 수고를 해야 한다.

많은 비나 눈이 오고, 바람이 세차거나, 몹시 덥거나 추운 날엔 더 많은 고생을 한다.

그러다 퉁퉁 불은 시신으로 발견되면 이를 처리하는 과정의 모든 이들에게 PTSD를 만들어주는 일이 된다.

죽는 순간까지 타인에게 피해를 입히는 일인 것이다.

미국은 유가를 상승시켜 러시아로 하여금 끝없는 번영을 이룰 수 있을 것이라는 착각을 선사하기 시작했다.

그렇게 한창 돈을 벌고 있는데 어느 순간 대폭락하게 되면 어찌 되겠는가!

온가족 모두 돈을 펑펑 쓰던 부잣집이 하루아침에 망하는 상황이다.

국제 사회 또한 냉정하기 이를 데 없으므로 러시아는 고립무원인 상태로 말라비틀어지게 된다.

분노한 국민들이 들고 일어나거나 민심이 떠나면 지도자는 교체되기 마련이다.

급격한 유가 하락은 철권통치를 하고 있는 블라디미르 푸틴이 권좌에서 쫓겨날 확률을 높여주는 것이다.

그럴 때 새로운 지도자가 될 역량 있는 자에게 접근하여 도움의 손길을 내민다.

당연히 푸틴에 대해 반감을 가진 자여야 한다. 안 그러면 자칫 죽 쒀서 개 주는 꼴이 될 수도 있기 때문이다.

어쨌거나 은밀히 다가가 미국의 사냥개가 되는 대신 권력을 쥐어주겠다는 약속을 한다.

악마의 속삭임이지만 대부분은 이에 현혹된다.

미인을 마다하는 사내와 권력욕 없는 사내를 만나는 것은 바다에서 호랑이를 만나는 것만큼 확률이 희박하다.

세인들은 잘 모르지만 악마의 속삭임에 현혹된 국가 지도자는 한둘이 아니다.

자신들이 옹립(擁立)한 자가 권력을 인수하게 되면 미국은 밀어주는 척하면서 그 나라의 경제를 파고든다.

그와 동시에 자원과 인재 등을 빨아들인다. 그래야 미국이라는 거대한 국가가 유지될 수 있는 것이다.

인간은 분명 평화롭게 공존할 수 있는 존재이다. 그럼에도 유사 이래 현재에 이르기까지 전쟁이 멈추지 않았다.

그런 전쟁의 배후엔 대개 유태인들이 있다. 본인들의 금고를 채우는 데 전쟁보다 좋은 수단이 없는 때문이다.

그리고 유태인들이 미국의 경제를 장악하고 있다는 것은 공공연한 사실이다.

달러 발행권을 가진 연방준비은행 FRB는 국가가 아닌 개인 소유이다. 그리고 그 개인은 모두 유태인이다.

얼마든지 무제한으로 달러를 찍어낼 수 있으니 자본주의가 스며든 국가를 장악하는 건 손쉬운 일인 것이다.

어쨌거나 하인스 킴이 러시아와 손을 잡으면 지금까지의 모든 공작이 허사로 돌아간다.

돈 버는 데 천부적인 재능을 타고났으니 아무리 경제제재를 가해도 그를 벌충하고도 남기 때문이다.

10억 달러가 금방 1조 달러로 늘어날 수도 있다.

혹자는 그게 말이 되느냐고 반문하겠지만 그래 봐야 겨우 1,000배 뻥튀기 된 것이다.

도로시가 작심하고 나서면 10억 달러를 10조 달러로 늘리는데 불과 1년이면 충분하다.

참고로, 러시아의 2017년 국가 예산은 324조 8,160억 원이다. 이를 달러로 환산하면 약 2,763억 5,000만 달러이다.

10조 달러는 세금 한 푼 안 걷어도 러시아를 36년 이상 운영할 수 있는 거금이다.

어쨌거나 도로시를 컨트롤 하는 건 현수이다.

따라서 본격적으로 돕기 시작하면 러시아를 세계 최고의

부자 국가로 만들어줄 수도 있다.

그렇기에 푸틴이 하인스 킴을 지나치게 감싸고 돈다는 소문이 돌고 있다.

그래서 그랬는지 지난 1월 러시아는 선물거래로 떼돈을 벌었다. 종목은 유가(油價) 선물이다.

덕분에 서방의 많은 자본들이 손해를 입었다.

이에 은밀히 첩보원을 파견해 사실 확인에 나섰다. 도대체 누가 그토록 귀신 같이 예측했는지 알고 싶어서이다.

이번 성과는 12월 개각 때 러시아 경제개발부 장관이 된 막심 오레슈킨의 지휘 하에 이루어진 것으로 밝혀졌다.

지난해 11월엔 유가가 4.08%나 감소했다. 많은 전문가들은 계속해서 감소할 추세라 예견했다.

그런데 12월엔 6.41%나 급등했다.

하여 1월엔 최소 3%는 상승할 것으로 예측하였다.

그런데 막심 오레슈킨은 상승폭을 0.44%에 맞춘 베팅을했다. 서방의 자본들은 시세를 모른다고 비웃으며 이를 따먹기 위해 기세 좋게 들어갔다. 그런데 거꾸로 잡아먹혔다.

액수가 제법 커서 속이 쓰리겠지만 어쩌겠는가!

그나마 쫄딱 망할 정도로 큰 손실은 아니었다는 것을 위안 삼을 수밖에 없었다.

선물 거래를 하다보면 손해를 입을 수도 있다. 그리고 승패병가지상사(勝敗兵家之常事)라는 말이 있다.

전쟁에서 이기고 지는 것은 흔히 있는 일이니 한 번 실수에 마음 쓰지 말라는 뜻이다.

서방 자본들은 이를 갈며 2월 인도분에서 역전 홈런을 칠 기회를 노리고 두둑한 목돈을 들이밀었다.

그런데 괴소문이 나돌았다.

세계적인 투자자인 하인스 킴이 2월 유가 상승폭을 러시아에 알려줬다는 것이다.

서방의 자본들은 '앗! 뜨거워라.' 하며 일제히 돈을 빼고 있다. 하인스 킴을 상대로 도박을 하고 싶지 않은 것이다.

막심 오레슈킨은 2월 상승폭을 0.75%로 보고 베팅을 했다. 아직은 간보기를 하는 중이라 베팅 금액은 그리 크지 않고, 만일을 대비한 헷지(hedge)도 했다.

참고로, 헷지란 폭락장이 오더라도 그 손실을 상쇄시켜 주는 수단이다.

현수가 서부 텍사스 중질유의 월별 예상가를 알려주면서 반드시 헷지하라는 충고를 따른 것이다. 왜냐하면 2월과 5월 인도분의 예상가를 살짝 다르게 한 때문이다.

현수가 준 예상가는 소수점 2자리까지 표시되어 있다.

그런데 매번 1센트 단위까지 정확하다면 어떤 일이 빚어질까? 아마 푸틴을 현수를 러시아에 억류하려는 시도를 할 것이다. 황금알을 낳는 거위이기 때문이다.

그렇기에 살짝 손본 예상가 표를 준 것이다.

아무튼 막심은 하인스 킴이 대단한 투자자라는 걸 인정하고 있다. 하여 충고를 금과옥조로 받아들인 것이다.

아무튼 2월엔 그리 큰 손해를 보지는 않을 것이다. 돈 따먹으러 들어오려던 상대가 썰물처럼 빠져나갔기 때문이다.

괴소문의 발원은 도로시이다.

러시아가 현수가 준 월별 예상가만 믿었다가 큰 손실을 입으면 원망하는 마음을 가지게 될 것을 저어한 조치였다.

하여 러시아의 손실은 그리 크지 않을 것이다.

그럼에도 혹시나 하는 마음에 베팅을 했던 일부 소규모 자본들은 적당한 이익을 볼 것이다.

이들의 공통점은 도로시가 퍼뜨린 정보에 접근할 권한이 없거나 아주 게으르다는 것이다. 어쨌거나 서방의 자본들은 뒤늦은 후회를 하게 된다. 좋은 기회를 놓쳤다 생각하는 것이다.

하여 3월 선물시장을 기대하게 된다.

한편, 2월 인도분에서 큰 이익을 보지 못한 막심은 3월 인도분에서 이를 만회하기 위한 베팅을 하게 된다.

현수가 준 예상가가 거의 근사치라는 것을 확인한 아주 조심스런 접근이다. 그럼에도 액수는 이전의 10배 이상이다.

이 소식을 들은 서방의 자본들이 어찌 가만히 있겠는가!

의기양양하게 러시아를 한 방에 때려눕힐 만한 거금을 베팅하곤 잔치를 기다린다.

그런데 이 대결의 결말은 너무도 뻔하다.

막심 오레슈킨이 가진 3월과 4월의 예상가와 등락폭은 소수점 둘째자리까지 정확히 일치한다.

그렇기에 어떻게든 러시아를 주저앉히려던 서방의 막대한 자본들이 휘청거릴 만한 손실을 입고 주저앉게 된다.

씨름으로 치면 들배지기하려다가 되치기 당한 꼴이다. 푸틴은 너털웃음으로 이를 비웃을 것이다.

뒷주머니가 두둑해진 푸틴은 강력한 리더쉽을 인정받아 더욱 탄탄한 권력기반을 다지게 된다.

저절로 종신 짜르(Czar)[7]의 길이 열리게 되는 것이다.

서방은 러시아와 푸틴의 힘을 빼 놓을 생각이었다. 그런데 거꾸로 되니 몹시 짜증날 것이다.

하지만 어쩌겠는가! 벌어질 일이고, 러시아의 타스통신 등은 막심 오레슈킨의 성과를 대대적으로 보도한다.

아직 젊은 그를 장관직에 올려놓을 때 적지 않은 반대가 있었다. 특히 야당은 이를 트집 잡아 물고 늘어졌었다.

그런데 대통령의 선택이 옳았다는 내용이 빠지지 않고 보도된다. 덕분에 야당 지지율은 떨어지니 푸틴으로선 꿩 먹고 알도 먹는 셈이다.

어쨌거나 서방의 자본들은 5월 인도분에서 손실의 일부를 회수하게 된다. 그런데 그 액수가 그리 크지 않다. 현수가 알려준 예상가의 오차가 크지 않았기 때문이다.

---

7) 짜르 : 제정러시아의 황제, 전제군주, 지도자

다음 달인 6월 인도분에선 막심 오레슈킨이 훨씬 더 많이 딴다. 그리고 7월부터 2018년 2월까지 연전연승을 거둔다.

정답지를 바로 옆에 놓고 시험 보는 것이나 마찬가지이니 100점은 지극히 당연한 일이다.

그 결과 월 스트리트와 런던 시티를 비롯한 서방 각국의 몇몇 투자회사들이 파산을 선언하게 된다.

거의 리먼 브라더스[8] 급 쓰나미는 또 한 번의 엄청난 금융위기를 야기시킨다.

세상 무서운 줄 모르고 승승장구하던 서방의 금융가들은 '앗! 뜨거라' 하며 움츠러든다. 투자자들은 얼른 본인의 돈을 빼내고, 수많은 실업자가 길거리를 나돌게 된다.

바로 곁 일본은 노무라 증권의 파산을 보아야 한다. 남의 돈 따먹으려 너무 과한 베팅을 한 결과이다.

과욕의 끝이니 누굴 탓할 일이 아니다.

그럼에도 러시아와 한국은 이에서 자유롭다.

러시아는 막대한 달러와 유로화를 거머쥔 상태라 든든하고, 한국은 외채가 단 한 푼도 없는 국가이기 때문이다.

게다가 이때까지도 수출입이 제한되는 상태인지라 서방의 위기 폭풍이 미칠 수 없는 무풍지대나 다름없다.

새옹지마(塞翁之馬)라는 고사성어가 생각날 지경이다.

---

8) 리먼 브라더스 : 2008년 미국의 서브프라임 모기지론 부실과 파생상품 손실로 파산보호를 신청하면서 글로벌 금융위기를 일으켜 전 세계 금융시장을 공포로 몰아넣은 투자은행

에이프릴 증후군 때문에 초긴축을 하며, 체질개선을 하던 중이다. 현수가 있었기에 모든 어려움을 견뎌낼 수 있고, 신제품 개발 등에 열을 올릴 수 있었다.

이전과 같은 상황이었다면 한국 또한 거대한 금융위기에 휩쓸려 제 2의 IMF사태를 맞아 신음하게 되었을 것이다.

한국 금융가의 일천한 경험으론 이런 사태를 현명하게 헤쳐나갈 역량이 부족하기 때문이다.

어쨌거나 쇄국(鎖國)인 상태였는지라 한국은 화(禍)가 미치지 못하는 십승지지(十勝之地)가 된다.

이실리프 왕국은 말해 무엇 하겠는가!

갈라파고스처럼 완전히 독립된 경제체재이고, 자급자족하는 국가이다. 따라서 국제 금융이 엄청난 위기에 처했다 하더라도 아무런 영향을 받지 않는다.

한편, 수많은 투자회사와 은행 등 금융가가 휘청거릴 때 보이지 않는 손이 등장하여 전 세계 자본시장과 금융가를 본격적으로 장악하기 시작한다.

러시아가 돈을 벌 때 가만히 구경만 하겠는가!

도로시는 결코 그런 존재가 결코 아니다.

막심 오레슈킨 팀이 100억 달러를 벌 때 The Bank of Emperor는 최소 5,000억 달러를 벌어들인다.

약 50배를 더 벌어들이는 것이다.

이를 위해 상당히 많은 페이퍼 컴퍼니가 동원된다. 그리고 번 돈은 교차 및 분산송금 등의 방법으로 세탁된다.

연후에 페이퍼 컴퍼니는 해지되는데 도로시는 아예 그 존재 자체를 지워버린다. 추적하고 싶어도 그럴 방법조차 없애버리는 것이다.

따라서 전 세계 금융가를 강타하는 리먼 브라더스급 금융위기는 러시아가 아닌 도로시에 의해 조성되는 것이다.

이렇게 벌어들인 돈은 세계적인 기업의 경영진을 교체할 만큼의 지분을 인수하는 데 사용된다.

아마존, 구글, 마이크로소프트, 페이스북, 애플, 블랙록, 테슬라, NVIDIA, Exxon Mobil, Johnson & Johnson, Walmart, Master card, Chevron 등 이름만 대면 알만한 기업의 지분 50.1% 이상을 거머쥔다.

언제든 마음에 안 드는 경영진을 교체할 수 있으며, 기업이 나아갈 방향을 지시할 수 있는 지분율이다.

향후 '암중의 검은 손'이라는 존재가 있다는 것을 월 스트리트를 비롯한 증권가 등에서 알게 된다.

그런데 정체를 알 수 없다.

그럴 만한 역량을 갖춘 곳은 그리 많지 않다. 하여 세인들은 사우디아라비아 왕가나 로스차일드일 것이라 예상한다.

그런데 그 손의 주인은 도로시 게일이다. 아이들이 좋아하는 동화 '오즈의 마법사' 주인공과 이름이 같다.

어쨌거나 미국대사의 관심은 북한이 보유하고 있던 핵무기를 어찌할까 싶은 것 같다.

"왕국은 그런 무기가 필요 없지 않을까요?"

"그렇게 생각하시는 이유는요?"

"지나가 사라졌으니까요."

"러시아와 한국은요?"

"두 국가는 왕국과 사이가 좋은 것으로 짐작합니다."

푸틴을 만나 어떤 이야기를 주고받았는지 마치 다 아는 것 같은 뉘앙스이다. 그리고 Y-그룹 계열사 거의 전부가 한국에 있으니 당연히 우호적일 것이라 여기는 듯하다.

"일본은 말씀 안 하시네요."

"아! 일본은 우리 미국의 맹방입니다."

"그게 왕국을 침략하거나 위협을 가하는 행동을 하지 않는다는 보장이 아닌 것 아닌가요?"

"일본이요? 설마요!"

대사는 전혀 그럴 리 없다는 표정이다. 무얼 믿고 이러는지 모를 일이다.

"왜(倭)가 한반도를 침략한 회수를 계산해보면 큰 것만 714회라는 거 아십니까?"

"네…?"

"신라 때 20회, 고려는 515회, 조선 178회였습니다. 그러다가 조선의 후신인 대한제국 때 한반도 전체를 식민지로 만들어 점령했습니다."

"……!"

"혹시 충무공 이순신 장군을 아십니까?"

"……!"

아는지 모르는지 대꾸가 없다.

"미국 대사관에서 그리 멀지 않은 광화문 광장에 칼을 찬 동상 있지요? 그분이 바로 충무공 이순신입니다."

"네, 보았습니다."

"혹시 모르실까 봐 말씀드리는데 임진왜란 때 왜의 침략을 막아내신 분입니다. 그분 말씀이 있는데 혹시 아십니까?"

"……?"

"왜는 간사하기 짝이 없고, 신의를 지켰다는 말을 들어본 적이 없다라고 하셨습니다."

대사는 대꾸 없이 바라만 본다.

"한반도를 식민지로 삼은 기간만 34년 11개월입니다. 그러다 2차 세계대전이 벌어지자 수많은 청년과 여인들을 징용과 정신대로 끌고 갔습니다. 정신대가 뭔지는 아시죠?"

1992년 1월부터 매주 수요일마다 주한 전 일본 대사관 앞에 모여서 종군 위안부 운영에 관한 공식적 사과를 요구하는 집회가 있었다. 이를 위안부 집회라 칭한다.

"네 들어본 바 있습니다."

모를 수가 없다. 일본 대사관은 미국 대사관에서 그리 멀지 않은 곳에 위치해 있고, 거의 25년간 매주 수요일마다 눈이 오든 비가 오든 집회가 이어져왔기 때문이다.

"일본은 그에 대한 배상과 사과를 한 적이 없습니다. 같은 전범 국가였던 독일과는 아주 대조적이죠."

"……!"

"일본은 하와이 진주만을 공습했던 국가입니다."

"네, 압니다."

1941년 12월 7일, 일본의 느닷없는 공격에 의해 12척의 미 해군 함선이 피해를 입거나 침몰했고, 188대의 비행기가 격추되거나 손상을 입었다. 뿐만 아니라 2,335명의 군인과 68명의 민간인 사망자가 발생하였다.

"혹시 모르실까 봐 말씀드리는데 일본은 지나와 러시아와도 전쟁을 했습니다."

"네, 그것도 알고 있습니다."

"그뿐 아니라 대만, 필리핀, 인도네시아 등과도 전쟁을 벌였죠. 그런데 단 한 번도 선전포고를 하지 않았습니다."

"……!"

진짜 그러느냐는 표정이다.

Chapter 06

뭘 줄래요?

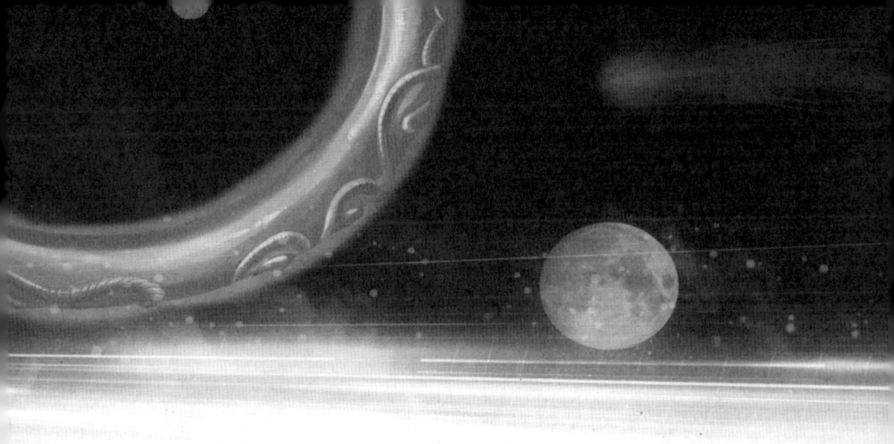

"수변 전문가에게 물어보세요. 내 말 틀리지 않습니다."

"네에. 알아보겠습니다."

"그런 일본을 나는 전혀 믿지 않습니다. 미국이 보증 아니라 보증 할애비를 선다 하더라도 말이죠."

"……!"

대사가 생각하기에도 가만히 있다가 느닷없이 공격하는 놈은 믿을 수 없다.

한두 번이라면 그럴 수 있지만 그 횟수가 700회를 넘는다면 이건 민족성이 야비한 것이다.

이런 것들은 전혀 신뢰할 수 없다. 그러니 진짜 그랬는지 여부를 꼭 확인해볼 생각이다.

그러거나 말거나 현수의 말은 이어지고 있다.

"왕국엔 변변한 무기가 없습니다. 북한이 보유하고 있던 재래식 무기는 잘 아시겠지만 거의 고철에 가깝습니다."

"……!"

대사는 또 아무런 대꾸가 없다.

미국도 그렇게 생각하고 있다. 그럼에도 북한을 징치하지 않은 이유는 별 이득이 없는 때문이다.

멸망시켜도 얻을 게 없는데, 만일 여기저기에서 테러라도 일으키면 큰 문제가 된다.

핵무기가 있다는 건 알겠는데 그걸 요격하는 건 쉽지 않다. 게다가 미국은 영토가 매우 넓다.

알래스카를 비롯하여 하와이, 괌 등도 있고, LA, 뉴욕, 워싱턴 등 어디를 겨냥할지 알 수 없다.

중간에 차단하면 그만인데 만일에 실패하면 정권을 잃게 된다. 하여 말로만 윽박지르는 한편 다각적인 경제제재를 가해 쪼그라들게 만들려 하였던 것이다.

"일본이 북한을 공격하지 못했던 이유는 핵무기 때문 아닙니까? 히로시마와 나가사키에 떨어졌던 두 개의 원자폭탄을 경험했으니까요. 리틀 보이와 팻맨은 잘 아시죠?"

미국이 떨군 원자폭탄에 붙인 애칭이다.

"네, 당연히 알고 있습니다."

"미국은 왕국이 가지게 될 핵무기가 염려스럽겠죠. 왕국의 성향을 알 수 없으니까요."

"부인하지 않겠습니다."

"그런데 그걸 없애면 왕국은 자위수단이 없다시피 합니다."

"군인들이 있잖습니까."

"재래식 소총을 든 군인 말씀하시는 거죠? 그걸 들고 자위대에서 쏘는 함포를 상대하라는 건가요?"

"……!"

"설마 미국이 일본에 수출한 F—15J를 소총으로 격추시켜 보라는 말씀은 아니죠?"

대사는 할 말이 없는 듯 입을 꾹 다문다. 그러다 문득 떠오른 생각이 있는 듯하다.

"일본은 타국을 먼저 공격할 수 없습니다."

"과연 그럴까요? 지금도 대한민국의 영토인 독도를 자기네 땅이라 우기고, 러시아와는 쿠릴 열도의 섬들, 그리고 지나와는 조어도를 가지고 영토분쟁을 일으켰는데요."

"말로만 그럴 뿐 군사 행동은 없었습니다."

"미국 대사인 사람이 왜 일본 편을 드는지 알 수 없습니다만, 한 가지 확실한 것은 왕국은 결코 일본을 믿지 않는다는 것입니다."

"하인스 킴 대표도 한국 사람이 아닌데 왜 그러십니까?"

"그러는 대사는 혹시 선조 중에 일본사람이 있습니까?"

"……!"

이 대목에서 대사는 심한 모욕을 당했다는 표정을 짓는다.

100% 백인인 본인에게 어찌 감히 아시아 원숭이의 혈통을 이었느냐고 말 할 수 있느냐는 의미이다.

"그런데 왜 자꾸 일본 편에 서서 말을 하는 겁니까?"

"……!"

갑자기 꿀 먹은 벙어리가 된다.

"그래요, 나는 한국 사람이 아닙니다. 하지만 한국에 와서 많은 걸 알게 되었죠."

"그게 뭐죠?"

"이순신 장군의 말씀대로 일본은 절대로 믿어선 안 된다는 겁니다. 그리고 난 그 말에 타당성이 있다고 봅니다."

"끄응~!"

낮은 침음을 낸다. 마치 아무리 두드려도 열리지 않는 철벽을 앞에 두고 있는 느낌이어서 그럴 것이다.

"내가 짐작하기에 미국은 지나가 보유하고 있던 핵무기에도 관심이 많을 것 같습니다."

"… 부인하지 않겠습니다."

"그럼 협상하죠."

"네…?"

"북한이 보유하고 있던 핵무기 전부를 내주겠습니다."

"……!"

"대신 지나가 차지하고 있던 장강 이북의 땅 전부를 아국 영토에 편입시키는 걸 찬성하십시오."

"네에…?"

전혀 예상치 못했던 말이었던 듯 눈의 절반이 흰자위일 정도로 크게 뜬다.

"아다시피 아국 영토에 포함시키려는 땅은 현재 완전한 진흙탕입니다."

대사는 고개를 끄덕인다.

대홍수 이후 위성을 통해, 그리고 몽골 등 인접국가와의 국경을 통해 직접 확인했다.

장강 이북의 지나의 영토였던 땅은 현재 발을 디디면 그대로 '쑤욱' 빠져드는 거대한 수렁이다.

몸무게 가벼운 개나 고양이조차 돌아다닐 수 없다.

그래서 그런지 인간이 남긴 흔적이라곤 눈을 씻고 찾아봐도 보이지 않는다.

사방이 온통 누렇고 걸쭉한 흙탕물로 채워져 있다.

산은 거의 모두 뭉개졌고, 강은 아예 흔적이 사라졌다.

너무 많은 비에 젖은 산 거죽이 물에 젖으면서 산사태가 일어난 결과이다.

토양의 경사가 사라지자 비가 오면 거의 그대로 고인다. 하여 수렁의 농도가 점점 더 옅어진다.

미국은 어떻게든 현황을 파악하고자 은밀한 작전을 펼쳤다.

부탄, 네팔, 인도 등 장장이북의 모든 인접국가 국경 너머로 장비와 인원을 파견한 것이다.

일단 신장위구르와 티베트 그리고 내몽고자치구는 대홍수의 피해를 거의 입지 않았다.

아니 전혀 입지 않았다.

오히려 메말랐던 사막에 단비를 뿌려 그간의 목마름이 단숨에 해결되는 은혜를 입었을 뿐이다.

말라붙어 있던 우물에 물이 고였고, 언제 생겼는지 수로가 생겼다. 메마른 대지에 생명의 싱싱함이 뿌려진 것이다.

아무튼 셋을 제외한 장강 이북의 모든 땅은 깊은 수렁이 되었다. 지반 전체에서 액상화 현상이 발견되었는데 그 깊이가 20m 이상이다. 6층 건물 이상인 것이다.

어떤 곳은 50m 이상이기도 하다. 예전 지도와 대조해보니 골짜기였던 곳이거나 분지(盆地)였던 지역이 그러하다.

위성으로 북경 인근을 조사해보았다. 고층건물이 즐비하던 곳인데 그 모든 것들이 완벽하게 사라진 상태였다.

대홍수로 인한 지반 액상화 현상이 시작되자 지반이 물렁해졌고, 그 결과 부동침하(不同沈下) 현상이 발생되었다.

그러자 피사의 사탑처럼 기울어지는가 싶더니 이내 옆으로 쓰러지면서 다른 건물들까지 도미노처럼 쓰러뜨렸다.

그리곤 깊디깊은 수렁 속으로 스르르 파고들었다.

얼마 후, 현수의 명에 따라 땅의 정령들이 인공이 가해진 모든 것들을 지각(地殼) 아래로 끌어내리기 시작했다.

한편, 지각 아래 맨틀(mantle)에선 대류현상이 일어난다.

뜨겁게 달궈진 것은 위로 올라가고, 상대적으로 식은 것은 아래로 내려가고 있는 것이다.

하여 건물 잔해들은 더욱 깊은 곳으로 가라앉게 되는데 맨틀 심부(深部)의 온도는 대략 4,000℃이다.

참고로, 콘크리트도 열을 가하면 녹는데 혼합물이기 때문에 일정한 용융점을 계산하기 어렵다. 다만 산화알루미늄 함량이 높으면 2,000℃까지 올라갈 수 있다.

이러니 지나의 거대 빌딩 잔해들은 뜨거운 용광로에 빠진 쇳덩이처럼 녹아내린다. 흔적조차 사라지게 되는 것이다.

미국은 북경의 고층빌딩들이 모조리 사라졌으니 깊이가 적어도 수백 미터인 수렁이 형성된 것으로 파악했다.

백악관까지 올라간 최종 보고서의 내용을 간추리면 크게 다음과 같다.

1. 장강 이북의 모든 땅은 거대한 수렁이 되었음.

2. 가장 깊은 곳의 깊이는 500미터 이상.

3. 모든 건축물이 사라졌음. 수렁에 잠겼음.

3. 대홍수로 인해 모든 산이 붕괴되었음.

4. 물이 다 빠지려면 최소 500년은 필요함.

5. 모든 동식물이 사라졌음. 바퀴벌레도 없음.

6. 신장위구르, 티베트, 내몽고자치구는 예외임.

7. 세 곳 모두 봉기가 일어나 한족이 말살 되는 중.

8. 장강 북쪽은 땅이 융기(隆起)하는 중.

이 보고서를 끝으로 미국은 더 이상의 관심을 끊었다. 아무것도 없는 수렁은 국익에 전혀 도움 되지 않기 때문이다.

신장위구르, 티베트, 그리고 내몽고자치구 역시 미국의 관심으로부터 멀어졌다.

현재로선 별 볼일 없는 척박한 땅일 뿐이기 때문이다. 세 곳에서 무수한 한족들이 죽어나가고 있지만 관심 없다.

그 역시 국익과 관련 없는 때문이다.

"그 땅 전부를 말씀하시는 겁니까?"

"맞습니다. 조사해봐서 아시겠지만 온통 수렁입니다."

"……!"

"우리 왕국은 언젠가 그곳을 개발할 계획입니다."

"어마어마한 돈이 들…. 아, 아닙니다."

세계에서 제일 돈이 많은데다, 가장 잘 버는 사람이다. 그러니 하인스 킴 앞에서 돈 얘기를 하는 사람은 바보다.

"어쩌시겠습니까? 참고로 러시아는 이미 찬성했습니다."

"네?"

"미국이 끝까지 반대하면 지나에서 발견되는 모든 핵무기까지 블라디미르 푸틴의 관할 하에 놓입니다."

"……!"

"당장 결정할 권한이 없으시면 추후에 따로 연락해줘도 됩니다. 다만 건국 선포 이전이었으면 좋겠네요."

"…네, 따로 연락드리지요. 헌데 우리 미국이 찬성한다면 핵무기 반출은 어찌하겠습니까?"

"건국 선포 직후 원산과 해주에서 가져갈 수 있도록 하죠."

"핵탄두만이요?"

"뭐, 핵무기 관련 장비까지 원한다면 추진체는 물론이고 핵처리시설까지 몽땅 다 뜯어줄 수 있어요."

"그, 그 말 정말이십니까?"

"대신 그러려면 미국의 결정이 아주 빨라야 할 겁니다."

"네? 그건 왜죠?"

"들은 바에 의하면 이란에서 계속 넘겨달라고 했다더군요."

"네에? 그, 그래서요?"

금시초문(今時初聞)이라는 표정이다.

"건국 선포 전에 올 테니 달라고 했답니다. 기술자 포함해서요. 물론 적지 않은 돈을 지불할 용의가 있다고 했고요."

"그, 그런가요?"

"네! 액수까지 알려드려요?"

"아, 아닙니다. 괜찮습니다."

액수를 알면 판도라의 상자를 여는 것과 같다는 생각을 했는지 얼른 손을 내젓는다.

그런 대사의 엉덩이가 들썩이고 있다. 당장 보고해야 한다는 생각이 신체를 지배한 것이다.

"알아보시는 김에 영국과 프랑스도 부탁드려요."

"……!"

대사는 아무런 대꾸도 하지 않았다. 너무 많은 생각이 뇌리를 스치고 있는 중이었기 때문이다.

이란으로 핵 처리시설 및 과학자들이 넘어가면 미국은 새로운 골칫거리를 떠안게 된다. 테러만으로도 머리 아픈데 핵 위협까지 당하게 되기 때문이다.

미국의 관점에서 중동은 화약고나 다름없다. 그리고 악마들이 서식하는 마계(魔界)이다.

그 마계가 수단과 방법을 가리지 않고 궁극의 무기를 손에 넣으려 발버둥치고 있다.

이제 얼마 후면 북한은 사라진다.

고위직의 누군가가 보유하고 있던 핵무기를 넘기고 어디론가 잠적하여 신분을 세탁하면 책임을 추궁할 방법이 없다.

새로 건국된 왕국에서 한 일이 아니기 때문이다.

그럼에도 그 누군가를 색출해달라고 요구할 수는 있지만 과연 들어줄지 의문이다. 왕국은 그럴 책임도 의무도 없다. 그러니 협조해주지 않아도 방법이 없다.

어쨌거나 이란이 핵무기를 거지면 여러모로 골치 아프다. 그것으로 끝이 아닐 확률이 매우 높기 때문이다.

IS가 추풍낙엽처럼 쓰러지고 있다는 소식은 매우 고무적이다. 가만히 있다가 갑자기 목이 뚝 떨어지며 선혈을 뿜어내는 모습이 몹시 그로테스크(grotesque) 하기는 하지만 미국 입장에선 아주 좋은 일이다.

테러리스트들이 사라지는 일이기 때문이다. 그럼에도 모든 잔당들이 사라졌다고 확언할 수는 없다.

만일 IS 또한 핵무기를 가지게 되면 그때부터는 그야말로 재앙이다. 미국은 지키기 위해서 할 일이 너무 많아진다.

이래서 가진 게 많으면 불리한 것이다.

어쨌거나 북한이 보유한 핵무기가 다른 나라로 반출되는 것은 반드시 막아야 한다. 다행히 국왕이 될 하인스 킴은 황무지나 사막보다도 못한 땅을 차지하면 된다고 한다.

미국의 돈이 단 1달러도 들지 않는 일이다. 그렇다면 서둘러서 승인이 나도록 해야 한다.

국제사회에서 공인할 수 있게 하려면 러시아와 미국뿐만 아니라 영국과 프랑스도 찬성해야 한다.

UN 안전보장이사회 상임이사회 5개국 중 지나는 그 지위를 잃었다. 국가로서의 체계를 잃어버렸으니 당연한 일이다.

대홍수 때엔 도와주기 싫었지만 할 수 없이 나서서 구호선을 보냈다. 그런데 도착하자마자 폭행과 강간을 당했고, 죽임을 당했으며, 시신을 요리해서 먹었다.

구호선에 실려 있던 의약품과 각종 구호품은 날강도 같은 것들이 모조리 강탈해갔다.

얼마 후 구호선에서 큰 화재가 발생되었다. 안에서 취사를 하다 그랬는지 아니면 뭘 하다 그랬는지 알 수 없다.

사실은 선박에 남아 있는 연료를 빼가려다 누군가 무심코 던진 담배꽁초에 유증기(油烝氣)가 폭발하면서 난 화재였다.

화재가 발생되었지만 아무도 진화에 나서지 않았다.

하여 시커멓게 그을린 상태로 정박해있었는데 쏟아져 내린 비로 인해 바다 위를 표류하다 어딘가에 침몰했다.

즉각 나서서 징벌을 가하려 했지만 그래 봐야 얻는 게 없다. 하여 분노만 삭이고 있었다.

그렇기에 지나의 멸망을 아주 고소하다고 생각하고 있다.

요즘 미국의 젊은이들에겐 새로운 유행이 번지고 있다.

팝콘과 콜라를 준비해놓고 영화를 관람하는 기분으로 위성에서 보내오는 동영상이나 사진을 즐기는 것이다.

동영상이나 사진이 찍힌 장소는 베트남, 미얀마, 라오스와의 접경지대이다.

미국 텍사스의 어느 곳에서는 한밤중에 최첨단 나이트비전과 열화상 기술로 멧돼지와 코요테를 소탕한다. 헬기를 타고 서치라이트로 비추면서 섬멸작전을 펼치는 곳도 있다.

작금의 접경지대에서 펼쳐지는 모습이 딱 이러하다.

지나인들은 밤만 되면 몰래 월경(越境)하려고 접근한다.

그런데 미얀마와 베트남, 그리고 라오스에는 열화상 기술이 접목된 야간투시경과 소음기 달린 소총이 보급되어 있다.

밤에도 대낮처럼 보이는 정도가 아니라 체온이 있으면 아주 뚜렷하게 형체가 보인다.

온몸에 진흙을 덕지덕지 발랐다 하더라도 온도가 다르면 어디에 무슨 자세로 있는지 훤히 보이는 것이다.

이는 지나인 사냥을 실수 없이, 더 열심히 하라는 뜻에서 누군가 보낸 것이다. 물론 그 누군가는 도로시이다.

현수의 뜻을 받들어 보다 빨리, 그리고 확실히 지나인 박멸이 되도록 도움을 주려는 뜻으로 보낸 것이다.

성능은 놀라우리만치 확실하다. 대충만 겨냥해도 쏘는 족족 거꾸러진다. 총구에 새겨진 마법진 덕분이다.

매직 미사일이란 마법이 있다. 마나로 만들어진 화살이 끝까지 쫓아가서 박히는 것이다.

이 마법에서 유도(誘導) 부분만 떼어내어 총구를 떠나는 총알에 목표물을 쫓아가도록 한 것이다.

하여 가늠자가 일반 소총과 약간 다르다. 일종의 대롱을 달아놓은 것이다. 누구든 그 안에 들면 목표물이 된다.

아주 잽싸게 바위 뒤로 숨는다 하더라도 총알로부터 자유롭지 않다. 직진이 안 되면 휘어져서라도 목표물에 타격을 가하기 때문이다. 한 가지 단점은 후진은 안 된다는 것이다.

덕분에 월경에 성공하는 지나인은 거의 없다. 쏘는 족족 쓰러지고 다시는 일어나지 못하기 때문이다.

모든 작전이 끝나면 소총과 야간투시경 등은 그 성능을 잃게 된다. 기술 유출을 방지하기 위한 조치이다.

방아쇠 뭉치에 고열이 발생되면서 눌어붙기에 격발도 되지 않는다. 열화상 기술이 접목된 야간투시경은 렌즈가 깨짐으로써 그 효용을 잃게 된다.

마법진은 마나가 다하면 스르르 흩어지게 되어 있다.

어쨌거나 안전보장이사회의 상임이사국 중 나머지 4개국만 찬성하면 이실리프 왕국의 영토로 확정된다.

그렇기에 영국과 프랑스의 인정도 요구한 것이다.

4개국 모두 돈 드는 일 아니고, 손해 보는 일도 아니며, 누군가 희생해야 하는 일도 아니다.

아울러 국제질서에 위협이 되는 일 또한 아니다. 게다가 하인스 킴의 인기는 지구촌을 휩쓸고 있다.

게다가 3차 대국을 바라는 사람들이 엄청 많다. 1차와 2차 때 돈을 잃었던 사람도 그렇지만 딴 사람도 그러하다.

잃었던 자는 본전을 회수하려고 하고, 딴 사람들은 더 많이 따기를 바라는 때문이다. 그래서 지구촌의 모든 사람들이 하인스 킴의 다음 행보에 시선을 주목하고 있다.

그러니 원하는 대로 해줘도 큰 불만은 없을 것이다. 본인들과는 아무런 연관 없으니 뭐라 할 명분이 없기는 하다.

반면, 하인스 킴과 분쟁이 발생하게 되면 미국, 영국, 프랑스는 모든 국가들로부터 보이콧 당할 수 있다.

다시 말해 미, 영, 프가 지탄을 받거나 궁지에 몰리게 되는 경우가 생길 수 있는 것이다.

이유는 자기들이 좋아하는 하인스 킴에게 건국 선물도 주지 않으면서 왜 나서서 반대하느냐는 정도가 될 것이다.

따라서 굳이 반대를 천명할 이유가 없다.

그리고 대통령을 납득시키면 영국과 프랑스 역시 흔쾌히 이실리프 왕국의 영토 선언에 손을 들어줄 것이다.

"아무튼 결정 되는대로 연락주십시오."

"아, 네에! 그럼 이만 가보겠습니다."

"네, 다음 손님이 오셨다니 멀리 배웅 못 나갑니다."

"아! 그럼요. 그럼요."

윌리엄 헤이스팅스는 서둘러 돌아갔다.

정중히 배웅해주지 않는 것 따위는 뇌리에 없다. 조금이라도 빨리 연락해야 한다는 생각뿐인 것이다.

미국 대사가 돌아간 후 현수는 지윤이 가져다놓은 텀블러를 기울여 차 한 잔을 따랐다.

이번엔 향기 짙은 쌍화탕이다.

기(氣)와 혈(血)을 조화롭게 하며, 신진대사 기능을 회복시켜 피로회복과 면역력을 강화하는 효능이 있다.

그래서 예전엔 왕의 승은(承恩)을 입은 궁녀가 다음 날 새벽, 정성을 다해 달여 올렸던 것이다.

"흐음!"

현수가 문향(聞香)[9] 하자 도로시가 끼어든다.

'폐하! 그거 성분에 문제 있어요. 드셔도 큰 탈은 없겠지만 가급적 드시지 마세요.'

'문제? 무슨 문제…?'

'그거 청산가리 0.3g이 섞여 있어요.'

청산가리라 불리는 시안화칼륨은 0.15g이 치사량이다.

아주 적은 양으로도 사람의 목숨을 빼앗을 수 있는 맹독인 것이다. 그런데 그 치사량의 2배가 섞여 있다.

한 방에 보내겠다는 뜻이다.

'뭐라고? 그거 진짜야?'

화들짝 놀라지 않을 수 없다.

'뭐, 폐하는 드셔도 금방 해독되니까 괜찮긴 해요.'

'그래도 그렇지. 근데 지윤이 왜…?'

김지윤이 독살하려 했다는 생각을 한 것이다.

'아니에요. 그거 김지윤 님이 탄 거 아니에요.'

'그럼 누가…?'

'일본 내각조사실 소속 블랙요원 짓이에요.'

'누군지 파악한 거야?'

'에고, 제가 누굽니까? 벌써 잡아서 족치는 중이에요.'

도로시의 말은 사실이다.

김지윤이 정성스레 달인 쌍화탕의 원재료를 공급한 자는

9) 문향(聞香) : 향내를 맡음

제기동 약령시장을 기반으로 활동했다.

정치적인 목적에 따라 몸에 좋은 것도 처방했지만 오늘처럼 누군가의 목숨을 앗는 행위도 서슴지 않았다.

쌍화탕의 재료는 작약, 감초, 계피, 당귀, 천궁 등이다. 이 중 단 맛을 내는 감초(甘草)가 청산가리를 함유하고 있었다.

말리기 전의 감초에 먼저 청산가리를 주사하고 난 뒤 건조시킨 것이다. 그래서 육안으로는 전혀 구별할 수 없다.

내각조사실은 국익 또는 정권 유지에 해가 된다면 이처럼 제아무리 조심성 많은 사람이라 할지라도 의심치 못할 방법으로 걸림돌들을 제거하곤 했다.

그중엔 외국인도 다수이다. 이번엔 남아공 사람 하인스 킴이 그 대상이었다.

멀쩡하던 사람이 아무런 인과관계도 없는데 갑자기 사망하는 경우가 있다. 그러면 그 사망으로 수혜 받는 사람들이 의심 받기 마련이다.

하여 시름시름 앓다가 죽게 하는 수법을 많이 썼다.

그럼에도 현수에게 청산가리를 쓴 것은 빨리 죽어야 하는 때문이다. 일본이 지불해야 할 방사능정화장치의 잔금을 치르고 싶지 않아서이다.

미국이나 영국의 회사에서 제작한 것이라면 아마 이런 생각을 품지 않았을 것이다. 쪽발이들에게는 미국과 유럽에 대한 사대사상이 뿌리 깊게 박혀 있기 때문이다.

아무튼 Y—PS는 회사가 한국에 있다.

그리고 며칠 전, 방사능 정화장치 1만 개가 일본에 도착했다. 계약에 따라 잔금 425억 2,600만 달러를 지불해야 한다. 한화로 약 50조 원이다.

그 동안 확인해보니 Y—PS는 하인스 킴의 개인회사이다. 자본금 100%를 출자하여 만들어진 회사인 것이다.

그리고 계약 당사자는 하인스 킴 개인이다.

한편, 현수는 현재 가족이 없다. 그러니 현수가 죽으면 상속받을 사람이 없다. 그렇게 되면 일본은 잔금 50조 원을 지불할 대상이 없어진다. 안 줘도 되는 것이다.

왕국이 건국되면 골치 아파진다. 왕국 자체 또는 국왕의 후계자에게 잔금을 지불해야 하는 것이다. 하여 블랙요원을 급파하였다. 건국 전에 죽이기 위함이다.

일본은 두 가지를 노렸다.

첫째는 잔금을 아끼는 것이고, 둘째는 건국이 선포될 북한이 혼란에 빠져 지리멸렬하게 하는 것이다.

둘 다 현수가 급사하면 생길 일이다. 문제는 현수의 곁에 제법 많은 경호원들이 있다는 것이다.

바하마에 있는 동안 슬쩍 간을 보았다.

신일호 등이 머물며 훈련하는 것을 염탐한 것이다. 외부의 시선 때문에 적당히 훈련하는 척했는데 이걸 본 것이다.

제출된 보고서에 의하면 하인스 킴의 경호원 전부 웬만한 인간병기를 찜 쪄 먹을 수준이다.

백발백중하는 사격술과 어느 누구와 맞붙어도 충분히 이길 수 있는 격투 실력, 그리고 무지막지한 체력이다.

따라서 중무장한 중대급 병력을 동원하지 않는 한 요원들만의 무력으로는 제거가 불가능하다는 판단을 내렸다.

급습했다가 실패하면 일본은 즉각 세계적인 지탄의 대상이 된다. 하인스 킴의 인기가 어마어마한 것도 이유지만 그보다는 후쿠시마 원전사고로 인한 방사능 오염을 정화하는 은혜를 배반하는 짓이기 때문이다.

만일 Y—PS에서 더 이상 정화장치를 만들 수 없다고 한다면 주문해놓고 기다리고 있던 국가들의 분노를 산다.

그중에는 미국, 프랑스, 러시아가 포함되어 있다.

만만히 볼 국가 하나 없으며, 그들이 나서면 일본은 어쩌면 멸망의 길을 걸어야 할지도 모른다.

하여 방향을 선회하여 자신들이 가장 자신 있고, 잘하는 방법을 동원했다. 그게 바로 청산가리로 독살하는 것이다.

그런데 현수에게는 도로시가 있다. 그리고 이 세상 어떤 극독으로도 중독시킬 수 없는 강인한 신체가 있다.

무협소설에 자주 등장하는 만독불침지체가 바로 그것이다.

Chapter 07

쪽본과 협상

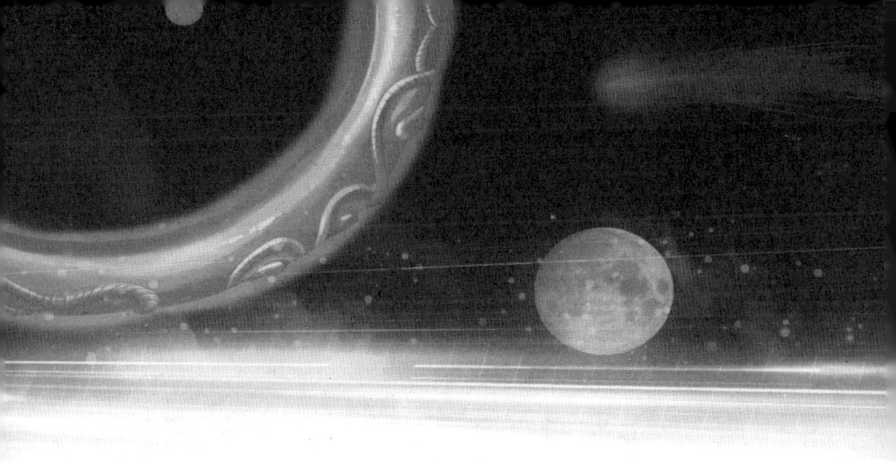

김지윤은 약령시장에서 선별해온 약재를 달여 쌍화탕을 만든 죄밖에 없다.

조선이었다면 왕비라 할지라도 처벌받을 행위이다. 국왕에게 올리는 것을 제대로 검수(檢收)[10] 하지 못한 죄이다.

이 감초는 지나에서 수입한 것이고, 청산가리 역시 지나에서 제조된 것이다.

원래는 새로 뽑힌 대통령에게 쓸 것이었다. 국민들의 여망에 따라 일본과 대립각을 서슴지 않기 때문이다.

정권 초기인지라 대통령 유고상황이 발생되면 한국은 아예

10) 검수(檢收) : 물건의 규격, 수량, 품질 등을 검사한 후 물건을 받음

나락으로 떨어진다.

에이프릴 증후군 때문에 입출국과 수출입이 불가능하여 심한 불경기를 겪고, 수많은 인사들이 비명횡사하는 상황인데 대통령까지 독살되면 당연히 난리가 벌어진다.

이전 같으면 여당과 야당이 방송국 카메라 앞에서 멱살 잡고 주먹질할 일이다.

그런데 현수로 대상이 바뀌었다.

어쨌거나 이번에 사용된 감초는 지나산이다.

대홍수 직전 지나인이면서 친일파였던 놈이 내각조사실에서 쓸 것이라는 걸 알고 한국으로 보냈다. 한국인 중 누군가를 죽이려는 것을 알고 있었다는 뜻이다.

'블랙요원은?'

'신일호가 체포했어요.'

'잘 했네. 그놈 신문(訊問)을 마치면 포를 떠!'

'박피(剝皮) 후 능지(凌遲)형에 처하라고 전할게요.'

도로시는 박피형을 추가하자는 뜻이다.

박피는 가죽을 벗기는 형벌이다. 먼저 등 뒤 가죽을 절반으로 가른 후 피부와 근육을 분리시키는 것이다.

산 채로 껍질을 벗기는 것이니 당연히 어마어마하게 고통스럽다.

한편, 능지는 사람의 살을 포를 뜨듯 떠내서 죽이는 형벌이다. 두 사람이 동시에 집행하는데 다리부터 시작하여 조금씩

살을 저며 천 번을 뜰 때까지 죽지 못하도록 한다.

'그래! 껍질 벗기면서 소금도 뿌리라고 해.'

남을 죽이려고 했으면 본인 또한 목숨을 걸어야 한다.

그런데 그냥 죽이면 재미없다. 하여 고통에 겨운 신음과 비명을 실컷 지르다 뒈지게 하라는 뜻이다.

현수의 성품은 몹시 선량하다.

어느 누구도 감히 대들거나 속이려 하지 않는 삶만 3,000년 가까이 살았다. 오히려 늘 떠받들여졌고, 존경, 흠모, 애모 등을 받으며 살아왔던 것이다.

하여 크게 진노(震怒)하는 일이 거의 없었다.

말 한마디를 내뱉으면 그게 법이 되는 건 예사였고, 살아있는 신으로 추앙받았다. 무엇을 지시하든 100%를 넘어 120~150%가 달성되는 모습만 보아왔다.

황제로서의 권위와 위엄을 보일 때는 추상(秋霜)같은 모습이지만 나머지 시간엔 너그럽고, 자애스런 군주였다.

하여 방금 전처럼 상처에 소금 뿌리라는 말 따위는 해본 지 오래이다. 기억이 맞다면 2,900년쯤 전의 일이다.

지구와 아르센 대륙, 마인트 대륙, 그리로 콰트로 대륙을 다스리기 시작하고 얼마 안 되었을 때의 일이다.

아르센 대륙의 북쪽 끝에는 일 년 내내 얼어붙어 있는 동토의 땅 '프로즌 필드'가 있다.

헤파슨 영지라 불리는 곳으로 해리 폰 헤파슨 백작이 다스리던 땅이다.

현수가 황제의 자리에 즉위하던 해 대륙 북쪽에서 변고가 발생되었다.

상당히 많은 사람들이 연이어 실종된 사건이다.

진상 규명을 위해 이실리프 학파의 마법사들이 출동했다. 그리고 밝혀진 진실은 반역 정도가 아니다.

해리 폰 헤파슨 백작은 흑마법사였고, 휘하의 자작 둘과 남작 셋도 그러했다. 이들은 흑마법의 부활을 꿈꿨고, 제법 큰 세력까지 갖추고 있었다.

이에 이실리프 학파 마법사들은 진상을 규명한 후 모두 목을 베었으며, 시신은 불태웠다.

다들 여러 부인과 자식을 거느렸는데 소탕작전 때 대부분 죽었다. 그런데 백작의 둘째 아들 하나만 실종되었다.

다들 죽었다고 생각했다. 어마어마한 마법 공세가 있었는데 그때 모든 건물이 불에 탔고, 붕괴되었기 때문이다.

그래도 시신을 발견할 수 없어서 여섯 달에 걸친 끈질긴 수색을 했다. 그럼에도 끝내 발견하지 못하였다.

보고서가 올라가자 상부에선 복귀를 지시했고, 사건은 일단락되었다.

그리고 45년이 지났을 때 또 다시 연이은 실종사건이 벌어진 것이다. 다시 조사단을 급파했고, 백작의 둘째 아들인 파크론 폰 헤파슨을 잡아왔다.

동토의 땅에 사람들이 모여 살던 이유는 그곳에 금광이 있었던 때문이다. 수십 년간 채굴했음에도 광맥이 마르지 않아 이때까지도 금을 캐고 있었다.

이 금광엔 당연히 여러 갈래의 갱도가 있다.

파크론은 그 갱도 가운데 하나를 붕괴시킨 후 그 안쪽에서 흑마법을 연구했다.

그렇게 30년이 지났을 무렵 7서클이 되었다. 이후 붕괴되었던 갱도를 복원한 후 밖으로 나와 사람들을 납치했다.

주로 젊은 남녀들을 잡아갔는데 세뇌마법으로 굴복시킨 후 노예로 부렸다.

사내들은 힘쓰는 일을 시켰고, 여성들은 잠자리 노리개로 삼았다. 그러다가 조금이라고 거스르면 산 채로 키메라를 만들기도 했고, 식량으로 삼기도 했다.

죽으면 흑마법 연구자료가 되었다.

마법에 재능이 있다고 판단되면 제자로 만들어 키웠다.

그러다 8서클에 이르렀을 때엔 휘하엔 180명 정도의 흑마법사들이 있었다.

비록 금광 깊숙한 곳에 머물고 있었지만 이들은 하나의 마을을 이루고 살았다.

술집, 여관, 유곽, 상점, 대장간 등이 있었던 것이다.

인원이 많아지자 식량이 부족해졌다.

하여 주변의 짐승을 사냥하거나, 금을 팔아 인근 영지에서 구입해 왔다.

말 타면 견마(牽馬)[11] 잡히고 싶은 법이다.

여러 짐승을 잡아 먹어보니 사람 고기만 한 게 없었다.

소금을 치지 않아도 이미 간이 되어 있어 먹기 편하고, 육질이 야들야들해서 즐겨 먹었다.

점점 대담해진 파크론은 더 깊은 연구와 식량 확보를 위해 많은 사람들을 납치하라 지시했다.

하여 연이은 실종사건이 벌어진 것이다.

이에 이실리프 학파는 또 다시 조사단을 급파했다. 그런데 이번엔 소탕을 하지 못하고 패주했다.

조사단장으로 7서클 마법사를 보냈는데 8서클 파크론이 나타났으니 당연한 일이다.

보고를 받은 현수는 크게 진노하였고, 직접 출두하여 파크론을 생포했다.

조사해보니 광산 안에는 무려 15,000여 구의 시신과 유해가 널브러져 있었다. 안에서 어떤 일이 있었는지를 기록한 문서도 있었다.

이에 현수는 박피하며 소금을 뿌리라는 지시를 내렸다.

산 채로 껍질이 벗겨진 파크론은 굵은 소금으로 생살을 문지르자 짐승 같은 비명을 질렀다.

이 형벌은 장장 100일 동안 이어졌다. 죽지 못하게 하면서

11) 견마(牽馬) : 남이 탄 말의 고삐를 잡고 말을 모는 일이나 사람

극심한 고통만 안겨준 것이다.

이때가 현수가 크게 화를 낸 마지막이다. 이후로는 화낼 만한 일이 거의 없었다.

그리고 시간이 많이 흘러 온화한 성품으로 굳어진 것이다.

그렇다 하여 마냥 호구처럼 굴지는 않는다. 군주로서 수많은 사형명령을 내린 바 있다.

내란 음모를 꾸미는 등 용서할 수 없는 죄를 지으면 여지없이 사형을 명했다. 그리고 대부분의 집행은 생중계되었다.

일벌백계(一罰百戒)하려는 의도였다.

'그거 만든 놈은?'

'대홍수 때 죽은 걸로 확인돼요. 산 채로 뻘 속에 묻혔으니까요. 그런데 가족들은 여기 저기 흩어져 있네요.'

'어디…?'

'큰 아들은 예일대학, 둘째는 펜실베니아 대학, 딸은 옥스퍼드 대학에 재학 중이에요.'

'응? 지나는 한 자녀만 허용하지 않았어?'

'한 부인 당 하나씩 낳은 거예요.'

'그럼 마누라가 셋이었다는 거야?'

'아뇨! 여섯이었어요.'

'헐!'

'거기서 낳은 아이 셋이 더 있는데 하나는 대홍수 때 사망한 것으로 추정되고, 나머지 둘은 장강 이남으로 도주했는데

현재는 생사불명이에요.'

'왜?'

'추적 중인데 지나는 현재 전기가 없고, 모든 인터넷 연결이 끊겨 있어서…. 잠시만요.'

도로시의 잠시는 약 5초였다.

'찾았어요. 둘 다 먹혔네요.'

'응?'

'엄마들도 같이 먹혔어요. 도주하다 굶주린 폭도들을 만난 결과지요.'

'다 죽었는데 아들 둘과 딸 하나만 남았다는 거지?'

'네! 근데 문제가 있어요.'

'무슨 문제?'

'셋 모두 수업 중 교수들에게 반론을 제기하는데 이상한 말을 해요.'

'뭔 이상한 말?'

'고 윤동주 시인이 지나 사람이라거나, 한국이 지나의 속국이었다는 말, 그리고 경복궁과 한복, 김치가 지나의 것이라는 궤변을 늘어놓고 있어요.'

'걔들 셋만 그래?'

'무슨 말씀이신지요?'

'외국에 거주하는 지나인들 중 그런 헛소리를 지껄이는 것들이 더 없느냐는 거야.'

'왜 없겠어요. 무진장 많죠.'

'흐음…!'

현수는 잠시 침음을 삼켰다. 그리곤 이내 말을 잇는다.

'전 세계의 모든 지나인들을 뇌사상태로 만들어.'

'네?'

'원래는 대(代)만 끊어놓으려 했는데 아무리 생각해봐도 그렇게 봐줄 이유가 없어. 그러니 세상에 해를 더 끼치기 전에 모두 제거하라고.'

'얼마나 많은지는 아시죠?'

'당연히 알지. 10억 명이 넘더라도 모두 제거해.'

'……!'

도로시의 말이 잠시 끊긴다. 얼마나 많은지 그 숫자를 헤아리려는 것이다.

도로시가 파악한 바에 의하면 해외에 있는 지나계 인구는 1억 9,617만 8,474명이다.

바퀴벌레가 새끼를 쳐도 이보다는 많은 것 같지 않다.

'그럼 아공간의 휴머노이드 10,000기만 내어주세요.'

'뭐어? 그렇게나 많이?'

'그럼요! 10억 명이 넘어도 제거하라면서요. 휴머노이드 하나당 10만 명을 제거해야 하는 일일 수도 있잖아요.'

10억을 1만으로 나누면 몫이 10만이니 틀린 말은 아니다. 그래도 그 정도로 많지는 않을 것이다.

하여 숫자를 줄여보려 하였는데 168개 국에 흩어져 있다는 말이 기억났다.

10,000을 168로 나누면 약 60이다. 산술적으로는 한 나라에 60기씩 보내게 되는 것이다.

그럼 어떤 휴머노이드는 불과 수십 명만 제거하면 되지만, 많은 곳은 수십만 명에게 뇌사를 선사해야 한다.

참고로, 미국에 거주하고 있는 지나인 및 화교의 숫자는 총 987만 9,644명이다.

이런 미국에 휴머노이드 60기를 배치하면 한 기당 16만 5,000명 가까이 맡아야 한다.

하루에 100명씩 처리한다 해도 1,650일이 걸린다. 4년 6개월이 넘는 시간이다.

그런데 미국의 면적은 983만 4,000㎢이다. 이를 60으로 나누면 한 기당 16만 3,900㎢를 책임진다.

대한민국의 면적이 99,720㎢이니 1.6배가 넘는다. 따라서 홀로 감당하기엔 너무 넓은 면적이다.

한편, 그린란드의 면적은 216만 6,000㎢이다.

여기선 휴머노이드 한 기당 3만 6,100㎢를 담당해야 한다. 이 면적은 서울의 약 60배이다.

그런데 이 나라에는 지나인 숫자가 그리 많지 않다.

땅 덩어리가 넓어서 60기를 배치해야 하는 건 이해되지만 제거해야 할 숫자가 너무 적다.

따라서 최상의 효율과 최단 시간 내에 임무를 완수하려면 상당히 꼼꼼한 동선계획이 수립되어야 한다.

이런 저런 사항을 감안해 보니 1만이라는 숫자는 결코 많은 것이 아니다. 하여 고개를 끄덕였다.

'그래, 그렇게 하지. 장소 좀 이동하자. 좌표 불러.'

'네? 무슨 좌표요?'

'1만 기 꺼내놓으라며? 여기서 어떻게 꺼내? 사람들 눈에 뜨여서 좋을 거 없으니 적당한 무인도 같은 거 하나 찾아봐.'

'아! 네에. 잠시만요. …찾았어요.'

'어딘데?'

'개마고원에 적당한 곳 있어요.'

'거기 지금 가?'

'아뇨! 이따 새벽에 가시죠. 인적 드문 곳이긴 하지만 그래도 모르니까요. 게다가 작업 지시하려면 시간 좀 걸려요.'

'알았어. 그럼 이따 다녀오자.'

도로시는 1만에 달하는 휴머노이드를 어찌 배치할 것이며, 누구를 제거할지에 관한 계획을 짰다.

그와 동시에 모든 재산을 압수할 방법도 구상했다.

금융자산 몰수는 매우 쉬운 일이다. 문제는 현물자산이다.

금고 속에 모셔져 있는 금괴, 보석, 미술품, 골동품, 부동산 등은 모두 직접 처분해야 한다.

다행히 휴머노이드는 얼마든지 외형을 변경할 수 있다. 백인, 흑인, 황인, 남자, 여자, 소년, 청년, 노인 등이다.

데이터만 있으면 그와 똑같은 모습으로 변모한다.

직접 제거한 지나인의 모습으로 나타나 보유 재산을 처분하면 어느 누구도 이상하게 보지 않을 것이다.

금괴, 보석, 골동품 등은 아공간에 담아오면 되지만 부동산은 그럴 수 없다.

그러니 매각할 것은 매각하는데 마땅치 않거나 활용가치가 높은 농장, 공장, 별장 등은 도로시가 가진 페이퍼 컴퍼니에서 매입한 것으로 서류를 꾸민다.

한국으로 치면 등기부등본의 소유자 성명이 바뀌는 것이다. 부동산에 잡혀 있던 근저당, 압류, 가압류 등 각종 설정은 당연히 놈들의 돈으로 해결한다.

지나계 금융기관의 돈으로 채무를 상환한다는 뜻이다.

놈들이 가지고 있던 채권 또한 모두 넘겨받는다. 받을 수 있는 권리까지 싹 다 몰수하려는 것이다.

계획을 짜는 도로시는 매우 즐겁다.

지구와 세계인을 상대로 부려온 패악에 대한 대가를 받아내는 일이기 때문이다.

화교 및 지나인들의 자산 총액은 아마 유태인들에 뒤지지 않을 것이다. 개개인의 재산은 유태인에 비해 적더라도 대가리 수가 엄청나게 많기 때문이다.

그러니 왕국은 점점 더 부자가 될 것이다.

꿩 먹고, 알도 먹는 일이며, 도랑치고 가재 잡는 일이다.

'참! 가장 먼저 제거할 건 대학에서 강의를 하고 있는 것들과 배우고 있는 것들이야.'

분명 '사람' 이라는 표현 대신 '것' 이라는 말을 썼다. 이는 인간으로 여기지도 않는다는 의지의 표현이다.

현수의 인식 속의 지나인은 개, 돼지보다 아래에 있다.

더럽고, 무질서하며, 게으르고, 음흉하며, 이기적인데다 양심이라곤 눈곱만큼도 없는 돈만 밝히는 족속이기 때문이다.

'네? 무슨 말씀이신지요?'

'그것들이 캠퍼스에서 전 세계를 상대로 거짓말을 퍼뜨리고 있으니 가장 먼저 제거하라고.'

한반도가 지나의 속국(屬國)이라고 하는 것, 한복, 한글, 김치 등이 본래 지나의 것이었다고 우기는 것들이 여럿이다.

심지어 독도가 자기네 땅이라고 하는 쓰레기도 있다.

아울러 손흥민의 성인 손씨가 지나에서 유래했으므로 지나인이라는 헛소리를 지껄인다.

이밖에 많은 쓰레기 같은 소리가 더 있다.

마치 지역 담당을 정해놓고 전 세계를 상대로 새빨간 거짓말을 퍼뜨리는 것 같은 느낌이다.

어느 국가든 교수와 대학생은 천대받지 않는다. 오히려 그들의 권위 내지 수준을 높게 본다.

그런 것들이 말도 되지 않는 유언비어로 계속 다른 국가 학생들에게 그릇된 인식을 심어주는 것은 용납되지 않는다.

명백한 사기이기 때문이다. 그래서 하나도 남김없이 제거하라는 지시를 내린 것이다.

'네, 알겠습니다.'

'중학교나 고등학교에서도 그런 짓을 하고 있는 것들이 있을 테니 그것들은 차순위로 제거해.'

'넵~!'

'참! 생각난 김에 말하는데 쪽발이 중에서도 헛소리를 지껄이는 것들이 많아. 단 한 번이라도 헛소리를 지껄였다면 그것들 역시 모두 제거해.'

'일본이 아닌 나라에 있는 중 · 고등학생과 대학생, 그리고 강사나 교수를 말씀하시는 거죠?'

일본까지 포함시키면 국민의 절반 정도를 없어야 할지도 모르기에 하는 말이다.

'그래! 일단은 일본은 빼.'

나중에 더 큰 처벌을 가하기 위해 잠시 유보하는 것이다.

'그리고 미국의 대학에서 헛소리를 지껄이는 개만도 못한 벌레 같은 새끼가 있어.'

'네? 누굴 말씀하시는 건지요?'

'위안부 피해자를 자발적 매춘부라는 논문을 쓴 놈이야.'

'어휴! 죽일 놈이네요.'

'그래! 그러니 그놈도 처벌해야지.'

'어떻게 할까요?'

'만포를 떠!'

'네? 뭐라고요?'

'천포를 뜨는데 열 번 뜨라고.'

아주 예리한 칼로 생선회를 뜨듯 생살을 베어내는 걸 1,000번 하는 걸 천포라고 한다.

한번 뜰 때 가로 0.5㎝, 세로 1㎝, 두께 0.5㎝의 살이 베어진다. 이렇게 살을 베어내도 죽음에 이르도록 해서는 안 된다. 극심한 고통을 겪게 하는 것이 목적이기 때문이다.

이런 걸 열 번 반복하라는 뜻이다.

이렇게 하면 가로 5㎜, 세로 10㎜, 두께 0.5㎜인 살점 10,000개가 만들어진다.

그럼에도 사망엔 이르지 않는다. 포션이 있기 때문이다.

'그 다음엔요?'

'철의자에 묶어놓고 데스붓 레벨 6를 투여해.'

아무리 고통스러워도 몸부림칠 자유도 주지 말라는 뜻이다. 당연히 자살도 못한다.

'그리고요?'

'놈의 살을 베어낸 걸 젓으로 담가 그걸 먹여. 그렇게 6개월이 지나면 두 손목과 발목을 베어낸 후 풀어줘.'

'어디에요?'

'어디긴 그놈 살던 집이지.'

'그럼….'

'참! 풀어주기 전에 안구와 성대를 제거해.'

볼 수도 없고, 말조차 할 수 없으면 어디에서 어떤 일을 당했는지 알릴 방도가 없다.

손목과 발목까지 없기 때문이다.

개소리나 지껄였고, 남들의 지적을 무시한 자의 최후이다.

'알겠어요.'

'다시 한번 말하는데 교정(校庭)에서 헛소리한 자들은 몽땅 다 제거야. 몽땅! 예외는 없어.'

'네! 명심할게요. 하나도 남김없이 깡그리 지울게요.'

'그래! 꼭 그렇게 해. 알았지?'

'넵! 지시대로 할게요.'

현수는 다시 한번 다짐을 받아냈다. 세상에 해를 끼치는 것들은 한시바삐 지우는 것이 옳기 때문이다.

"부사장님! 일본 대사 오셨어요."

"어! 그래."

말 떨어지기 무섭게 문이 열리고 키 작고, 뻐드렁니 때문에 입술이 살짝 튀어나온 사내가 들어선다.

전형적인 쪽발이 모습이다.

그의 뒤에는 비서인지 통역인지 알 수 없는 사내가 서류가방을 든 채 따르고 있다.

일본 대사는 현수와 시선이 마주치자 바로 고개 숙인다.

“안녕하시므니까. 일본국 대사 나까무라 쇼지이므니다. 이렇게 만나 뵙게 되어 영광이므니다.”

현수는 살짝 고개만 끄덕이며 손을 내밀었다. 그런데 나까무라의 한국어가 전혀 유창하지 않다는 느낌이었다.

‘도로시! 이 자는 한국에 주재한 지 얼마나 되었지?’

‘올해로 6년째예요. 만으로는 4년 9개월이고요.’

‘그래? 그런데 한국어 공부를 별로 안 했나봐.’

‘제가 듣기에도 그래요. 근데 그럴 만해요.’

‘그럴 만해? 뭐가?’

‘이 자가 남긴 여러 발언들을 종합해보면 한국에 대해 좋은 감정이 전혀 없어요.’

‘……!’

‘부임 전 독도가 자기네 영토고, 종군위안부는 자발적으로 몸을 팔러온 창녀였다는 발언을 여러 번 했어요. 이밖에….’

잠시 도로시의 말이 이어졌다. 나까무라 쇼지가 했던 발언과 기고문, 보고서 등에 있는 혐한 관련이다.

‘뭐? 그런데 왜 이 자가 아직 목숨을 부지하고 있지?’

실제 대화였다면 약간 화가 난 음성이었을 것이다.

‘한국 내에서 죽으면 외교문제가 될 것 같아서 놔두고 있을 뿐이에요. 일본 도착 즉시 데스봇 투여될 거예요.’

‘절대로 잊지 말아.’

'아이고, 그럼요! 걱정 붙들어 매세요. 꼭 그럴 테니.'

말을 이렇게 했지만 현수의 표정은 변하지 않았다.

"네에, 하인스 킴입니다."

가벼운 악수를 마친 대사는 뒤쪽의 사내를 가리킨다.

"이쪽은 통역을 맡은 미노미노 다케후사이므니다."

"네! 반갑네요."

통역에겐 손을 내밀지 않았다. 악수까지 해줄만 한 위치에 있지 않기 때문이다.

이에 통역은 손을 내밀었다가 머쓱한 표정으로 물러선다.

현수는 인경에게 시선을 준다.

"조 비서, 차 좀 부탁해."

"네. 뭘로 올릴까요?"

"나는 그냥 커피. 내가 좋아하는 거 알지?"

"그럼요. 대사님! 대사님은 어떤 음료로 드릴까요?"

인경은 유창한 일본어로 물었다.

"에…, 아무거나 주셔도 되므니다."

"저희 부사장님은 콜드 브루 블랙커피를 주문하셨는데 그거 괜찮을까요?"

"블랙이요? 아! 네에, 괜찮스므니다."

"통역은 어떤 걸로 준비할까요?"

"네? 저, 저도 같은 걸로 주십시오."

통역은 얼빠진 표정이다. 조인경의 미모에 홀린 것이다.

그러거나 말거나 하이힐의 또각거리는 소리를 내며 물러났던 인경은 잠시 후 석 잔의 커피를 가지고 다시 들어왔다.

"흐~음!"

현수는 부러 긴 호흡으로 커피의 향을 즐겼다.

세계 커피 경매 역사상 가장 높은 커핑 점수 98점을 기록한 것이다. 에티오피아 겟챠 숲에서 채집된 것이다.

과일과 꽃향기가 매우 진한 특징이 있다.

현수는 이 커피를 차가운 물로 우려낸 걸 좋아한다.

찬물은 커피가 빠르게 우러나지 않는다. 하여 8시간쯤 걸리는 점적식과 12~24시간쯤 걸리는 침출식을 쓴다.

이를 '콜드 브루(Cold brew) 커피'라고 하는데 인경이 가지고 들어온 것은 침출식이다.

한번 만들어놓으면 드립이나 에스프레소 방식에 비해 보관기간이 길고, 시간이 지날수록 풍미가 숙성된다.

현수가 좋아하는 걸 알기에 귀국 날짜에 맞춰 미리 정성스레 준비해두었던 것이다.

쓰으읍, 꿀꺽—!

한 모금 들이켜니 특유의 쓴맛과 달달한 과일향, 그리고 상큼한 꽃향기가 느껴진다.

Chapter 08

커피 맛 좋지?

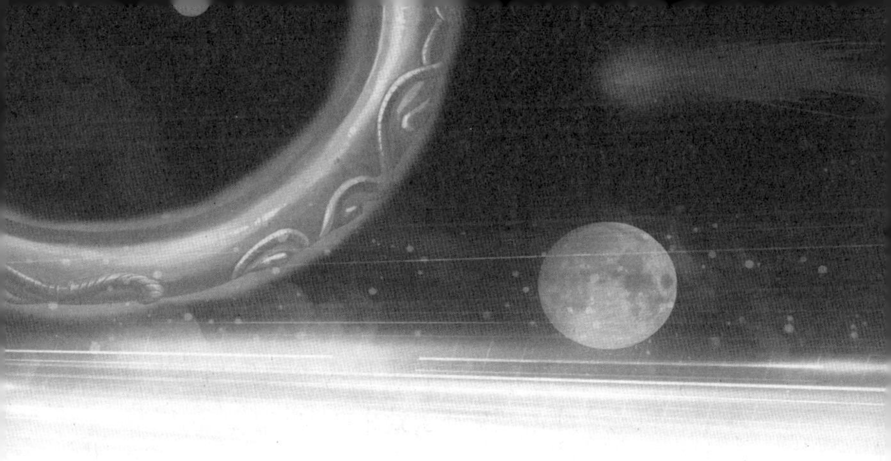

'이거 지현이와 연희가 좋아하던 건데.'

아주 오래전, 그러니까 대략 2,900년쯤 전에 권지현과 강연희가 현수의 아내였을 때 이 커피를 알게 되었다.

그런데 구하는 것이 쉽지 않았다.

야생에서 채집한 것이 가장 좋았는데 채집조건이 까다로웠던 것이다. 하여 킨샤사 저택 뒤에 커피농장을 만들었다.

물, 불, 바람, 땅의 정령뿐만 아니라 숲의 요정 아리아니가 이 농장을 정성스레 보살폈다.

그 결과 극상품의 커피콩을 얻을 수 있었다. 이걸 콜드 브루 방식으로 진하게 내린 것을 아주 좋아했다.

그 후 아르센 대륙에도 커피농장을 만들었다.

거기선 4대 정령과 아리아니뿐만 아니라 대지의 여신의 성녀인 스테이시 아르웬까지 달라붙어 재배에 힘을 썼다.

결과는 지구에서 수확한 것보다 고품질인 커피콩이었다.

이는 당연한 일이다. 지구의 마나보다 아르센 대륙의 마나가 훨씬 더 순수하고, 밀도가 높았기 때문이다.

아무튼 대륙의 귀족들 또한 커피를 좋아하게 되었고, 차츰 중독자들이 늘어났다.

커피에 함유된 카페인(caffeine)은 뇌의 각성을 유지시킨다. 일종의 중추신경 자극제인 것이다.

그리고 복통 없이 묽은 변을 자주 보게 하여 대륙 여성들의 변비를 개선하는 효과를 보였다.

아르센 대륙은 원래 화장실이 방 바로 옆에 있지 않다.

냄새가 나므로 대부분 멀찌감치 떨어진 곳에 만들어 놓았는데 변을 볼 때마다 옷을 벗고 입는 것이 불편했다.

하여 대륙의 귀족 여성 9할 이상이 변비 증상을 가졌다. 더 이상 참을 수 없을 때까지 견뎌내는 습관 때문이다.

아는 사람만 아는 일인데 변비가 심하면 화장실 밖에서도, 안에서도 몹시 괴롭다.

뱃속에 가스가 가득 차면 장운동이 멈추고, 답답함을 느끼게 되며, 복부 팽만감이 느껴지고, 방귀 냄새가 독해진다.

일반 방귀는 공기보다 무겁기 때문에 금방 악취가 사라진다. 그런데 변비 방귀는 습한 기운을 농축한 것이라 냄새가 독할 뿐만 아니라 굉장히 오래간다.

그러다 변의를 느껴 화장실에 가면 굵직한 알을 낳는 듯한 고통을 겪어야 한다. 그리고 냄새 또한 지독하다.

어쨌거나 아르센 대륙의 귀족들은 남녀 모두 변비 때문에 고생했다. 그런데 커피가 이를 해소시켜주었다.

그래서 한국처럼 여기저기에 커피숍이 생기곤 하였다.

그런데 커피는 기후 등의 영향을 많이 받기에 아무 곳에서나 생장하지 않는다.

연간 평균 기온이 15~24℃이고, 서리가 내리거나, 낮과 밤의 일교차가 19℃를 넘으면 열매가 잘 자라지 않는다.

이뿐만이 아니다. 기온이 너무 높거나 낮아도 시들어 버리거나 열매를 맺지 못한다.

그리고 대기 중 습도가 높으면 커피의 품질이 낮아진다.

커피는 물과 영양분, 유기질이 풍부한 화산성 토양이 필요하고, 적당한 일조량과 습도, 그리 강하지 않은 바람이 부는 곳에서 잘 자란다.

이러한 조건이 모두 충족되어야 하는데 아쉽게도 아르센뿐만 아니라 마인트와 콰트로 대륙도 맞는 곳이 적었다.

온도가 맞으면 바람이 셌고, 둘이 괜찮으면 일조량이 적었다. 때로는 습도가 문제였고, 토양이 너무 척박한 경우도 있었다. 여러 조건 중 하나 이상이 꼭 부적합했던 것이다.

결국 재배지는 한정되었다. 현수와 스테이시 아르웬이 머무는 곳에서 가까운 곳에 위치한 곳뿐이다.

이곳은 끊임없이 돌봐야 하는 일종의 온실이다. 물론 마법으로 도배되어 있다. 다행히도 규모는 상당했다. 숲의 요정 아리아니까지 있었기에 가능했던 일이다.

현수와 스테이시가 다른 용무로 자리를 비우는 경우가 많았는데 아리아니가 그 빈자리를 채워준 것이다.

처음엔 너무 넓은 거 아닌가 싶었다.

농장이 엄청 컸기에 이실리프 왕국의 모든 귀족들에게 충분히 공급하고도 남았다.

그런데 어느 날부터인가 수요가 폭발적으로 늘어났다.

이는 카페인의 중독성이 한몫했다. 처음엔 공부를 많이 해야 하는 아카데미 같은 곳에서 주로 소비되었다.

그러다 마법사와 정령사, 연금술사 등에게도 보급되기 시작했다. 모두 집중력이 필요한 사람들이다.

이후엔 상인 계급도 커피를 즐기게 되었다.

상행위에 관한 장부정리를 하려면 고도의 집중력이 발휘되어야 했기에 각성 효과를 얻으려 애용했던 것이다.

결국 한 번도 안 마셔본 사람은 있지만 딱 한 번만 마신 사람은 없을 정도가 되었다.

그렇게 된 사람은 하루에 한 잔으론 어림도 없었다. 적게는 3~4잔, 많게는 9~10잔씩 마시기 시작한 것이다.

이는 점차 귀족의 아래 계급인 양민들에게 전파되었고, 나중엔 농노들도 커피 맛에 환장하기 시작했다.

커피믹스가 보급된 결과이다.

게다가 대륙 끝은 물론이고, 바다 건너 외딴 섬에서도 수요가 발생되자 물류에 대한 관심이 높아졌다. 이는 일종의 산업혁명이 일어나는 시발점이 되었다.

커피가 대륙 발전에 크게 기여한 것이다.

현수는 이곳으로 온 이후 여러 커피를 맛보았는데 좀처럼 비슷한 맛을 찾지 못하였다.

그나마 괜찮았던 게 인경이 가지고 온 커피이다.

이것의 특징은 첫맛이 엄청나게 쓰다는 것이다. 그래도 그 뒤에 느껴지는 과일향과 꽃향기가 일품이다. 마치 고된 노동 후에 들이키는 에너지 드링크 같은 느낌이다.

현수는 이 쓴 맛에 익숙하다. 하여 바로 뒤에 오는 향긋한 보상을 즐기고 있다.

반면 일본 대사 나까무라 쇼지와 통역은 아니다.

현수가 마시기에 따라서 한 모금 들이켰는데 마치 소태를 씹은 듯 강렬한 쓴 맛에 저절로 미간이 찌푸려지고 있다.

'크으! 쓰발, 뭐가 이렇게 써? 커피라며. 젠장! 이게 커핀가? 이쯤 되면 한국 사극에 나오는 사약 아냐?'

'크으으! 쓰다, 너무 쓰다! 이걸 무슨 맛으로 마시지? 근데 하인스 킴은 괜찮은가 본데 나랑 다른 거 줬나?'

둘은 소리 없는 욕을 하며 현수의 것과 자신의 것을 비교해 보았다. 완전히 일치하고 있으니 뭐라 말도 못한다.

여기가 아니라 본인 사무실이었다며 아마 바로 뱉어내고는 욕을 한 바가지 했을 것이다.

불행히도 절대로 결례를 범해선 안 될 자리이다. 하여 얼른 삼키고는 표정관리에 들어갔다.

그리곤 하나도 안 쓴 척하고는 잔을 내려놓았다. 아마 아무리 목이 말라도 다시 맛보지는 않을 듯 싶다.

한편, 현수는 비강(鼻腔) 안쪽에서 느껴지는 그윽한 향을 즐기고 있었다.

"흐으으음! 좋네. 비슷해."

하지만 아직은 아르센의 것에 미치지 못한다.

기후, 습도, 일조량, 바람, 토양 등의 재배조건이 부합하였으니 좋은 열매가 맺혔을 것이다.

그럼에도 아르센의 것에 미치지 못하는 가장 큰 이유는 아마 스며든 마나의 농도 때문일 것이다.

'시간 날 때 커피 재배지로 가서 마나 샤워를 한번 해볼까? 도로시는 어떻게 생각해?'

'제 생각도 그래요. 재배지 좌표 보고 드릴게요.'

'그래, 한번 알아봐. 기왕이면 몇 그루 이식해서 우리 왕국에서 재배하는 것도 괜찮을 거 같아.'

'참 좋은 생각이세요. 적당한 곳 찾아볼게요.'

매일 즐기는 기호품인데 떨어질 때마다 에티오피아에서 수입하는 것은 번거롭다.

마침 콩고민주공화국에서도 커피를 생산하기 시작했다.

이전엔 알려진 바 없었는데 최근엔 최고 품질의 원두를 수출하고 있다. 산도(酸度), 질감, 향기가 이상적인 조화를 이루는 것으로 평가되어 비싼 값에 수출된다.

하여 세계 각국의 스페셜티 로스터들로부터 '숨겨진 보석(Hidden Gem)'으로 명성을 얻어가는 중이다.

주로 북동부 오리엔탈 지역과 키부 지역에서 나는데 아라비카와 로부스타가 주요 품종이다.

다행히도 이 지역은 조차지에 상당 부분 포함되어 있다.

좋은 재배요건이 갖춰졌으면 적당한 곳을 물색하여 농장을 조성하면 될 일이나.

목표는 이실리프 왕국 전역과 인접국가에 공급할 충분한 물량이다. 남는 게 있으면 수출할 수도 있다.

커피농장은 대지의 여신 가이아의 신성력 세례를 받을 것이고, 반신인 현수가 가호를 내릴 것이다.

인근의 세계수는 끊임없이 농도 진한 마나를 공급해주는데 그 농도를 더 높이기 위한 마나집적진 또한 있을 것이다.

끝으로 4대 정령은 가뭄, 홍수, 태풍 등 자연재해를 차단할 뿐만 아니라 최적의 환경을 조성하는 역할을 맡는다.

따라서 생산량이 어마어마할 것이니 공급에 차질이 빚어지는 일 따위는 없을 것이다.

'맛이 괜찮아야 할 텐데.'

'뭘 걱정하세요? 폐하는 최고의 교배술사시잖아요.'

원래는 스테이시 아르웬의 주특기였는데 같이 지내면서 모든 기술을 흡수했고, 이를 더욱 발전시켰다. 그러니 거의 모든 작물의 생산량을 극적으로 증대시킬 수 있었던 것이다.

쌀	18.08배
보리	17.85배
밀	18.22배
콩	18.02배
옥수수	22.01배

감자	16.01배
고구마	15.55배
참깨	13.47배
들깨	13.49배
마늘	16.55배

참고로, 이 표는 2016년 현재 지구의 수확량 기준이다.

아주 오래 전 현수와 스테이시 아르웬은 수많은 작물들을 개량하는 데 많은 시간을 보냈다.

아르센 대륙은 지구와 달리 과학이 발전되지 않은 곳이라 중장비와 각종 농업용 기계나 기구들이 없던 곳이다.

게다가 오랜 농경으로 땅이 척박해져 나날이 수확량이 줄고 있었다. 이를 해결해주려 나섰던 것이다.

그 결과 쌀, 보리, 밀, 콩, 팥, 조, 수수, 기장, 옥수수, 감자, 고구마, 양파, 오이, 배추, 무, 당근, 상추, 참깨, 들깨, 양배추,

시금치, 호박, 가지, 우엉, 토란, 고추, 마늘, 생강, 미나리, 대파, 쪽파 등 거의 모든 작물을 개량했다.

그래서 만들어진 종자는 아공간에 상당히 많이 보관된 상태이다. 종자 보관용 특수 컨테이너에 담겨 있는 것이다.

이밖에 사과, 배, 복숭아, 포도, 복분자, 살구, 앵두, 감, 석류, 귤, 바나나, 파인애플, 밤, 잣 등도 있다.

묘목 상태로 아공간에 보관되어 있다.

적당한 습도와 온도, 그리고 빛 등은 공급되지만 시간은 흐르지 않는 특수 컨테이너 속에 있다.

'생각해보니 아공간에 커피나무 묘목 있어.'

'아! 그거 다행이네요. 적당한 곳만 찾으면 되겠어요.'

'그래! 작업 서둘러.'

'넵!'

도로시가 물러났다.

"왜 커피가 입에 안 맞나요?"

너무 태연스런 표정이라 나까무라 쇼지와 통역은 적당한 대꾸를 하지 못하였다.

"……!"

둘의 표정을 읽은 현수는 원인을 알아차렸다.

"아! 조금 썼나요? 이거 그 맛에 마시는 겁니다. 커피를 입에 머금고 숨을 쉬면 비강으로 그 향기가 아주 진하게 느껴지거든요. 그래서 내가 좋아해요."

"아…! 그렇스므니까? 몰랐스므니다."

"네. 저, 저도…!"

대답을 이렇게 했지만 둘 다 커피잔을 들지는 않았다. 방금 전의 쓴 맛이 아직 기억에 있는 때문이다.

쓰읍! 하아아~!

현수는 또 한 모금을 들이켰다. 그리곤 정색하며 물었다.

"어떤 용무로 나를 찾아봤는지요?"

"네…?"

외교적인 수사로 하인스 킴을 칭송하는 말을 꺼내려던 대사는 단도직입적인 말에 잠시 머뭇거린다.

"나는 수일 내로 휴전선을 넘어 북쪽으로 가야합니다. 그래서 각국 외교사절들로부터 많은 면담 요청을 받았습니다."

"아! 네에, 그러시겠죠."

"그래서 시간이 그리 많지 않습니다. 그러니 형식적인 대화는 생략하고 본론을 듣고 싶네요."

"아! 또…."

대사는 잠시 말을 끊었고, 통역은 펜을 든 채 뒷말을 기다리는 표정이다.

"우리 일본국에선 북한이 납치해간 우리 국민들을 송환해 주시기를 바랍니다."

얼떨결에 나온 말이다. 북한과 갈등이 빚어질 때마다 상투적으로 꺼냈던 화제이기 때문일 것이다.

"송환, 해드리죠. 대신 우리 왕국도 요청이 있습니다."

"네! 말씀만 하시므니다."

"왕국은 대한민국보다 면적이 넓은데 인구가 적습니다. 그래서 일본 거주 교포들을 이주시키려 합니다."

"아! 그렇스므니까."

"교포들의 재산처분과 자유로운 이주를 보장해주면 납치된 일본인들의 송환을 진행하겠습니다."

"잠시만요."

일본에게 있어 재일교포는 반길 수 없는 존재이다.

하여 사회적 성공을 차단하기 위해 일류대학을 졸업해도 제대로 취직하지 못하게 하는 등의 방해를 한다.

북한 쪽을 지지하는 조총련과 한국을 지지하는 거류민단으로 나뉘지만 둘 다 제대로 된 대접을 받지 못하고 있다.

하여 빠칭코와 고철상 등 일본인들이 갖지 않으려는 직업군에 많이 종사하고 있다.

건국 선언을 하면 남의 나라에서 그런 차별을 받으며 살지 말고 왕국으로의 이주를 강력하게 권유할 예정이다.

일본의 신문과 잡지, TV 등의 광고를 이용할 생각이다.

돈이야 좀 들겠지만 내각조사실 예산을 가져온 것이 있으니 결국 제돈 써가며 광고해주는 꼴이 될 것이다.

이실리프 왕국은 세금, 병역, 도박, 종교, 마약, 흡연, 성매매, 선거, 투표 등이 없는 국가이다.

이는 건국과 동시에 국법으로 반포될 것이다.

이 세상 어느 누구도 세금을 내고 싶지 않을 것이고, 몸 고된 병역생활을 원하지 않는다.

따라서 모두가 환영할 것이다. 그렇다 하여 아무나 이민을 받아주는 것은 아니다.

한국이나 북한 국적이었던 자, 그의 후손, 그리고 그들의 배우자와 그 배우자의 부모형제까지만 포함된다.

물론 험한 전력이 있으면 이민이 거절된다.

아무튼 이민은 본인이 원해야 가능한 일이고, 절대로 강요하지 않는다.

이민 오게 되면 본인이 거주하기 원하는 지역에 우선으로 이주할 수 있도록 조치를 취한다.

아울러 가족 수에 따른 주거를 제공해준다.

전기, 가스, 통신 요금은 전액 무료이다. 다만 상하수도 요금은 적절하게 징수한다.

전기, 가스, 통신은 국가에서 생산하고 공급한다.

따라서 얼마든지 친환경시스템을 갖출 수 있지만 상하수도는 개인이 쓰고 배출하는 것이다.

이것마저 무료로 하면 무분별한 환경오염 야기시킬 수 있다. 그렇기에 적당한 요금을 받으려는 것이다.

"자유로운 이주만 허용하면 되는 일이므니까?"

"이주 전 재산 처분도 원활해야겠죠?"

"그건 민간의 일입니다만…."

통역은 실시간으로 열심히 통역하고 있다.

"이주 하려는데 재산처분이 발목을 잡는 경우엔 일본 정부에서 적절한 값을 쳐주는 것은 어떨까요?"

"그건…."

"일본 정부에서 협조해준다면 Y-PS에서 생산하는 지상용 정화장치를 우선적으로 공급할 의사가 있습니다."

"아! 그렇스므니까?"

대사의 임무 중에 지상용 정화장치 확보도 있었는데 깜박 잊고 있었던 모양이다.

"어차피 떠날 사람이라면 빨리 갈 수 있도록 등 떠밀어 주는 것도 나쁘지 않지요?"

"아! 그러하므니다."

"우리 왕국은 국민이 늘어서 좋습니다. 설마 내가 재일교포들이 처분한 재산에 관심 있다 생각하는 것은 아니겠죠?"

"… 아! 아이고, 그럼요."

하인스 킴은 돈 버는 데 천부적인 재주를 가졌고, 어마어마한 재산을 가진 사람이다. 아마 재일교포들이 처분한 재산이 아무리 많다 해도 그를 가뿐히 능가할 것이다.

그렇기에 대사의 고개는 크게 끄덕여지고 있다. 돈 때문이 아니라는 것을 확실히 인식한 것이다.

"이민은 건국 이후부터 허용할 겁니다. 그러니 그 전에 일본 정부의 분명한 입장을 전해주면 좋겠습니다."

"아! 네에. 그, 그럼요!"

"또 다른 논의 사항이 있을까요?"

용무 마쳤으면 썩 꺼지라는 말을 예의 바르게 표현했다.

"에, 지금은…. 그러니까…. 네, 중요한 말은 했스므니다."

뭔가 할 말이 있어서 왔는데 얼떨결에 다른 의제에 대한 이야기를 하다 본래 목적을 까먹은 모양이다.

"좋네요, 좋은 소식 기다리겠습니다."

"네! 저도 노력하겠스므니다."

일본 대사와 통역은 쓰디 쓴 커피 한 모금만 들이켠 채 물러났다. 불과 9분 동안에 일어난 일이다.

원래는 왕국과의 외교수립에 관한 논의를 하려고 왔다.

그런데 계속해서 다른 손님들이 당도했다는 전갈이 전해져서 쫓기듯 물러난 것이다.

나까무라 쇼지와 통역이 나가자 현수는 남은 커피를 천천히 즐겼다. 여전히 쓰지만 뒷맛은 상큼하고 향기로웠다.

'다음 약속은 11시지?'

'네! 청와대 정무수석 대신 외무장관이 오고 있어요.'

'외무장관이 와?'

'네! 폐하랑 의논할 일이 많잖아요.'

'12시 안에는 안 끝나겠지?'

'아무래도 그렇지 않겠어요?'

'그럼 점심은?'

'구내식당에서 특별메뉴가 배달 올 거예요.'

'특별메뉴? 뭔데?'

'테이스토피아를 준비하도록 했어요.'

이는 'Taste of Utopia'를 줄여서 만든 명칭이다.

현수의 고손녀 가운데 하나가 이상향에서나 먹어볼 수 있는 맛이라며 칭찬을 아끼지 않았던 것에서 유래된 것이다.

이에 모든 황후들과 자손들, 그리고 신하들 모두 격렬하게 동의했다. 충성심이나 아부 때문에 하는 말이 아니다.

테이스토피아는 실제로 매우 맛이 있다. 매우 정도가 아니라 어마어마한 맛이다.

흔히들 셋이 먹다 둘이 죽어도 모르는 맛이라는 말을 쓴다. 바로 곁 좌우에서 사람이 죽어가도 모를 정도로 고개 숙인 채 퍼먹기 바쁘다는 것을 이르는 말이다.

운 좋게 현수가 요리한 테이스토피아를 맛본 신하나 백성들은 이렇게 말한다.

세상이 망하는 것도 모르고 먹을 맛!

천상에도 없을 요리.

혀의 미뢰(味蕾)[12]가 황홀경을 헤매게 하는 맛!

딱 한 번만 먹으라고 하면 절대 먹어선 안 될 음식!

12) 미뢰(味蕾) : 미각(味覺)을 맡은 꽃봉오리 모양의 기관. 미각 세포와 지지 세포로 이루어져 있음. 주로 혀의 윗부분에 분포함

다 죽어가던 자도 입맛 다시게 할 유일한 요리!

이 역시 아부의 말이 아니다. 진짜 너무 너무 맛이 있어서 저도 모르게 내뱉는 말들이다.

'응? 그거 누가 조리하는데?'

'삼호가 만들 거예요.'

'누구? 설마, 신삼호?'

'네, 그럼 다른 삼호겠어요?'

요리 중에서 가장 맛있는 것은 남이 해주는 것이다. 그래서 라면도 남이 끓여주는 것이 더 맛있다.

그런데 휴머노이드는 남이라 할 수 없다.

사람이라면 특유의 손맛이라는 것이 있다. 그런데 휴머노이드에게는 그런 게 없다.

레시피에 기록된 각 재료의 정량을, 순서에 따라, 정해진 화력과 시간에, 기계적으로 조리하기에 그런 걸 기대할 수 없는 것이다.

'그거 삼호가 못 만들 거야.'

'왜요?'

'마나 때문이지. 조리할 때 자연스레 마나가 섞여 들어가야 한다는 거 몰라?'

세상에서 테이스토피아를 가장 맛있게 만드는 사람은 현수이고, 둘째는 황궁 주방장이다.

그리고 둘의 공통점은 마법사라는 것이다.

현수에게 조리법을 전수받았던 주방장들은 모두 6서클 이상인 마법사였다. 그리고 조리하는 요리에 마나가 스며들 수 있도록 하는 마나필드는 6서클 마법이다.

'에? 그거 레시피에 없는데요?'

'테이스토피아는 나하고 황궁주방장만 만들었으니까 굳이 쓸 필요가 없었지.'

'어머! 그럼 어떡해요?'

'뭘 어떡해? 그냥 다른 적당한 걸로 준비하면 되지.'

'지금 신삼호가 한창 신나서 요리하고 있는 중이에요.'

'벌써? 점심 먹으려면 시간 좀 있잖아.'

'예행연습으로 만든 걸로 구내식당 요리사들에게 품평회를 열고 있어요.'

'헐…!'

'점심 수라(水剌) 올리기 전에 두 번은 더 요리해본다고 신나 있는데 어쩌죠?'

'품평회 결과는?'

'지금 막 먹기 시작해서 아직…! 어머! 어떡해요?'

'뭘? 뭔 일 있어?'

'구내식당 요리사들 전부 고개를 처박은 채 열심히 쑤셔넣는 중이에요.'

'에고…, 그거 별로일 텐데…. 쩝!'

현수가 만든 것의 맛을 100이라고 하면, 황궁주방장이 모든 역량을 기울여 요리한 것은 대략 75~80쯤 된다.

마나필드를 구현시키지 않거나, 마법사가 아닌 자가 요리하는 경우는 맛이 왕창 떨어져서 25~30쯤 된다.

마나가 엄청 중요한 것이다.

어쨌거나 실패작이라 하더라도 다른 음식들보다 확실히 맛은 있다. 하지만 둘이 먹다 셋이 죽을 맛은 결코 못 된다.

현수는 이런 걸 어정쩡한 맛이라고 한다.

'아! 요리사들 모두 엄지를 추켜세우네요.'

'겨우 25~30점짜리에?'

'네!'

'이해가 안 되네. 안 되겠다. 신일호 들어오라고 해.'

'넵!'

잠시 후 신일호가 들어왔고 현수는 명함 하나를 꺼내 마법진 하나를 그렸다. 1회용인지라 마나석은 박지 않았다.

대신 본신의 마나를 아주 조금 흘려 넣었다.

'이거 구내식당 주방에 있는 신삼호에게 전해줘.'

'전해주기만 하면 되는 겁니까?'

'응! 그냥 아무 주머니에나 넣어놓으라고 해.'

'알겠습니다.'

'조리 끝나면 잘게 찢어서 버리라 하고.'

'네, 전하겠습니다.'

'그래!'

신일호는 밖으로 나가 신육호에게 현수가 준 명함을 건네며 임무를 지시했다.

한국은 총기소지가 금지된 국가이고, 천지건설 본사 빌딩은 안전한 곳이다. 그럼에도 혹시 있을지 모를 테러를 대비하여야 하기에 현수 근처에 있어야 하기 때문이다.

'그럼 맛이 나아지나요?'

'활성화된 1회용 마나필드 마법진이 있으니 이번에 만든 것보다는 훨씬 나아질 거야.'

25~30이던 것이 65~70 정도까지는 나아질 것이다. 마나필드가 있어도 손맛이 배어들 수 없는 때문이다. 그래도 3배 가까이 개선되는 것이니 훨씬 더 맛있어질 것이다.

'그나저나 지시했던 건 어떻게 되고 있어?'

'어떤 거 말씀하시는 건지요?'

지시 내린 게 한두 가지가 아니므로 영특한 도로시라도 콕 짚어서 말해줘야 하는 모양이다.

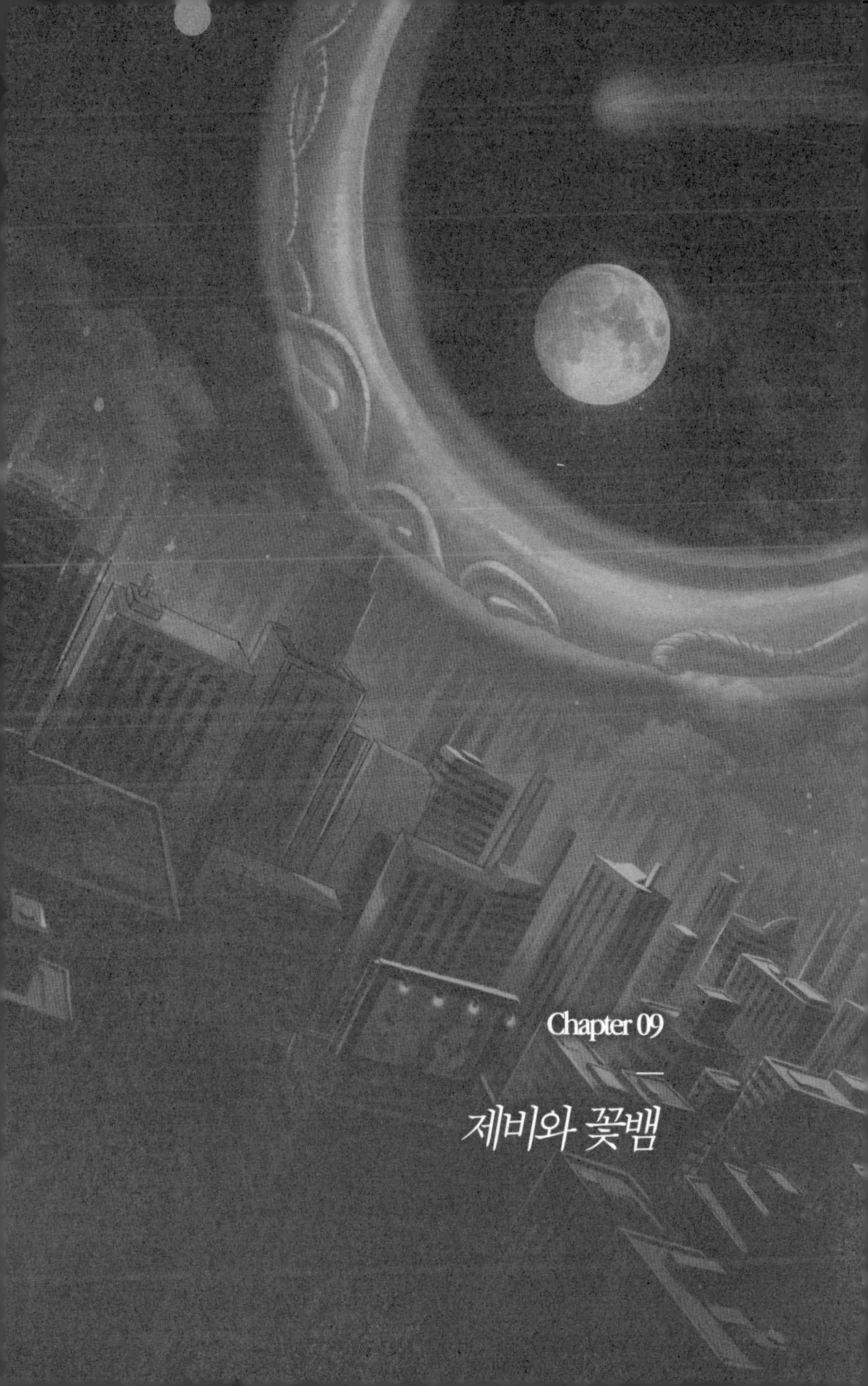

Chapter 09

제비와 꽃뱀

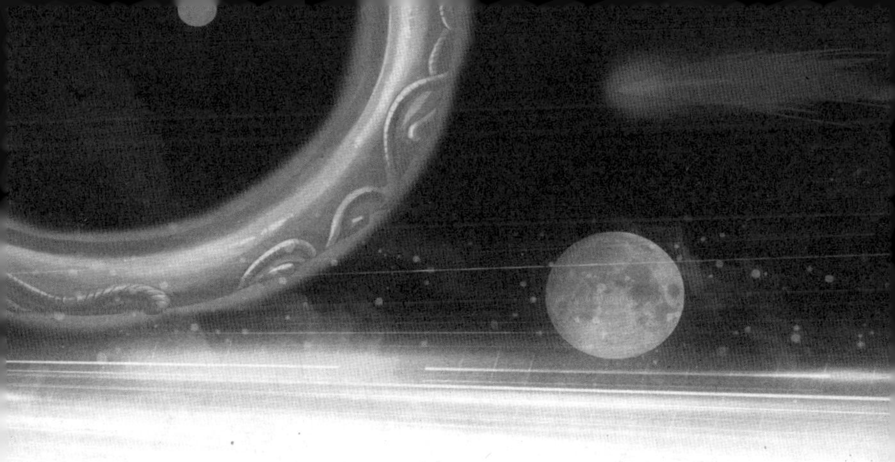

'전국의 날라리와 바람둥이들 눈물 흘리게 하라는 거.'

'아, 그건 진행 중이에요. 현재 38.9% 진척되었어요.'

'응? 그게 오래 걸릴 일인가?'

도로시가 가진 데이터베이스엔 대한민국의 모든 국민들이 담겨 있다. 그리고 도로시는 어마어마한 멀티 테스킹 능력을 가졌다. 동시에 여러 임무를 수행할 수 있는 것이다.

따라서 명이 떨어지면 24시간 이내에 진척률 100%를 보고해야 한다. 그런데 고작 38.9%라니 의문을 가진 것이다.

'혹시라도 억울한 피해자가 발생할 것을 우려하여 반복해서 확인 작업을 하느라 그래요.'

'그래? 그건 잘하는 거네.'

빈대 잡자고 초가삼간을 태울 수는 없다.

'네! 금방 끝날 거예요. 근데 뭐 하실 말씀 있으세요?'

'응! 조금 전에 생각난 건데 남자가 여자를 감언이설(甘言利說)로 꼬여 금품을 뜯어내는 걸 제비라고 하지?'

'네! 제비가 뭔 줄 알아요.'

'반대로 남자에게 피해를 주는 꽃뱀도 있어.'

'그것도 압니다.'

'나는 그걸 사기라고 생각해.'

'……!'

도로시는 잠시 말이 없었다. 하지만 그 시간은 짧았다.

'동의해요. 엄밀히 따져보면 사기가 맞지요.'

'그런 것들을 그냥 놔두면 피해자가 계속 생기겠지?'

제비 때문에 패가망신한 여자들이 얼마나 많으며, 꽃뱀 때문에 신세 망친 남자들 또한 엄청 많다.

둘 다 돈만 잃는 게 아니다. 정조도 잃고, 사람에 대한 배신감까지 느끼게 된다.

'아무래도 그렇죠. 제비나 꽃뱀이 갑자기 개과천선하는 경우는 아예 없으니까요.'

'그럼, 그것들의 행태를 상대에게 알려주는 건 어떨까?'

'물증이 확실하면 그럴 수 있는데 그러지 않는 건 어쩌죠?'

아무도 없는 곳에서 혼자서 하는 말이나 생각은 도로시라도 알아낼 방법이 없음을 이야기한 것이다.

'흐음! 그게 문제지.'

'네! 뇌에 칩을 투입하지 않는 한 한계가 있어요.'

'그래도 찾아보면 있지 않을까?'

'제가 마음이나 생각은 못 읽어낸다는 거 아시죠?'

'알지, 그럼! 기술이 아무리 발달해도 그것까지는 어떻게 하지 못했잖아. 그래서 상상칩을 썼었고.'

뇌리를 문득 스쳐간 기막힌 아이디어 같은 건 바로 메모하지 않은 이상 금방 잊히기 마련이다.

상상칩은 이를 놓치지 않기 위해 개발된 것이다. 크기는 10나노 정도이다. 하여 총으로 쏘듯 뇌에 집어넣는다.

그래도 부작용이 없으며, 인체에 무해하다.

초기엔 칩의 삽입에 동의한 과학자들의 뇌에만 심어졌다. 덕분에 과학 발전에 부스터가 장착되었다.

사소하지만 결정적일 수 있는 아이디어까지 알뜰하게 활용할 수 있게 되었기 때문이다.

그러다 차츰 활용 범위가 늘어나게 되었다.

덕분에 작곡가들은 뛰어난 멜로디를 쏟아냈고, 수학자들은 번뜩이는 아이디어로 새로운 이론을 정립시켰다.

마법사들은 많은 새로운 마법을 만들어냈는데, 기존 마법을 활용 또는 접목하여 다른 마법을 창안하기도 했다.

상상칩도 점점 발전하여 종국(終局)에는 사람들의 생각을 읽어내는 수준까지 도달했다.

하여 각종 범죄를 상상만 해도 잡아가는 세상이 되었다. 명목은 테러를 사전에 차단하기 위함이다.

덕분에 소설을 쓰는 많은 작가들이 유치장 경험을 하게 되었다. 살인, 강도, 강간, 음모, 테러, 전쟁 등이 소재가 되면 어김없이 잡혀갔던 것이다.

이쯤에 도달했을 때 현수는 사용금지를 명했다. 사람의 생각까지 통제한다는 건 해도 너무하다는 판단을 한 것이다.

하여 전부 회수하여 폐기처분한 바 있다.

물론 현수의 아공간에는 많이 담겨 있고, 설계도가 있으니 만능제작기로 얼마든지 만들어낼 수 있다.

아무튼 제비나 꽃뱀이 상대에게서 뭔가를 빼먹으려는 생각은 누구와 상의해서 하는 일이 아니다. 그리고 상상엔 무한한 자유가 있다. 그리고 그 상상엔 도덕적 책임을 묻지 못한다.

아무도 모르기 때문이 아니라 상상이란 원래 그런 것이다. 그러니 온갖 잔인, 또는 흉측한 생각을 할 수도 있다. 반대로 거룩하고, 성스러우며, 고결한 생각도 있다.

'근데 그런 것들이 더 악랄하거나 사악할 수 있어요.'

'그래, 그러니까 문제지. 그런 것들 어떻게 할까?'

'제게 전권을 주시면 없는 증거라도 만들어서 상대에서 제공해볼게요.'

'응? 없는 증거를 어떻게 해?'

'실수로 문자를 잘못 보낸 것 같이 하면 될 거 같아요.'

'그게 되나?'

'남녀 모두 술에 취해서 헤어진 전 애인에게 문자를 보내거나 전화를 하는 경우가 있잖아요.'

'있지! 다음 날 술에서 깨면 바로 이불 킥하고.'

'네! 그런 경우를 만들어서 상대에게 적나라한 속마음을 보낸 것 같이 하면 될 거 같아요.'

'그것보다는 다른 사람에게 보낼 메시지를 실수로 잘못 보낸 걸로 하는 게 낫지 않을까?'

누구를, 언제, 어떤 방법으로, 얼마만큼 삥먹을 건지, 그리고 난 후에는 어찌 대할 건지를 누군가에게 의논하는 듯한 뉘앙스만 풍기면 된다.

아니라면 삥먹은 돈으로 무엇을 할 선지 자랑하는 내용도 괜찮다. 물론 상대에 대한 마음 또한 적나라하게 나타낸다.

예를 들어, 어떤 점 때문에 진짜 마음에 안 드는데 오로지 돈 때문에 할 수 없이 만나준다는 내용 정도이다.

'좋은 생각이세요. 그걸로 할게요.'

'좋아! 전권을 줄게. 대신 모든 제비와 꽃뱀이 더 이상 활동하지 못하도록 해야 해.'

'네! 염려 놓으세요. 지시대로 할 테니까요.'

전국의 제비와 꽃뱀들의 밥벌이가 끝나는 순간이다.

'그리고 그런 것들이 선량한 사람들을 속여서 결혼하는 것

도 막아 봐.'

'그럼, 룸살롱 같은데서 일하는 접대부 여성이나 호스트바 선수들도 결혼하지 못 하도록 하는 건 어때요?'

남을 속여 사사로운 이익을 취하지는 않지만 행동거지를 결코 본받아선 안 될 사람들을 포함시키자는 말이다.

'뭐, 지들끼리 하는 것까지는 막지 마. 유유상종(類類相從)이란 말이 괜히 있는 게 아니니까.'

'네, 그건 그렇죠.'

'다만 그렇지 않은 일반인과 결혼이 추진되면 사전에 상대가 어떤 인간이었는지를 확실히 알게 하는 게 낫지 않겠어?'

'속이는 것이나 감추는 것 모두 사기니까요?'

'맞아! 실컷 놀아나놓고 깨끗한 척하며 올곧게 살아온 사람 등골을 빼먹으려 하는 건 전혀 공정하지 않잖아.'

'전적으로 동의해요. 알겠어요. 최대한 빨리 처리할게요.'

'그래!'

현수는 도로시가 몹시 꼼꼼하다는 것을 잘 알고 있다.

그런데 대놓고 마음을 먹으면 그 꼼꼼이 상상을 초월한다는 것까지는 알지 못한다.

덕분에 제비와 꽃뱀 등 행실이 올바르지 못하거나 몸을 함부로 굴렸던 사람들은 웬만하면 결혼해서 가정을 꾸리는 행복을 맛보지 못하게 된다.

누군가를 만나 연애로 상황이 진전되려 하면 상대의 휴대폰이나 이메일로 메시지가 전송되기 때문이다.

만나고 있는 사람이 어떤 삶을 살아왔는지를 낱낱이 밝혀 주는 확실한 증거 포함이다.

누군가와 주고받았던 문자 메시지는 당연하고, 적나라한 사진이나 동영상까지 첨부될 수도 있다.

그렇다 하여 상대를 속이거나, 무언가를 감추는 짓을 하지 않았다면 연애 경력까지 알려주지는 않는다.

만났다 하여 무조건 결혼해야 하는 건 아니기 때문이다.

다만 돈 받고 성(性)을 사고, 파는 등의 행위를 한 경우는 예외 없이 통보된다. 예를 들어, 오피녀 생활을 한 여성과, 그 여성을 손님으로 찾아갔던 남성 등이 대상이다.

아직 애정이 싹트지도 않았는데 상대의 이런 모습을 알게 된다면 누가 만남을 이어가겠는가!

설사 사랑하는 마음이 생기려 했더라도 이내 싸늘하게 식어버릴 것이다. 그러지 않으면 정신과 감정을 받아봐야 한다.

타인과의 인연을 이어가는 것은 순전히 본인의 판단이다.

따라서 그 판단을 도와줄 제반 증거를 보고도 개의치 않는다면 그건 할 수 없다.

'내친김에 바람피우는 것들도 어떻게 해야 하지 않겠어?'

'날라리와 바람둥이요? 그들은 이미….'

'아니! 바람피우는 유부남, 유부녀들 얘기야.'

'에이, 그건 사생활인데요?'

'그래도 배우자를 속이는 행위잖아.'

'아…!'

도로시는 잠시 말을 끊었다. 말문이 또 막힌 것이다. 그러다 문득 떠오른 상념이 있었나 보다.

'근데 그럼 상당히 많은 가정이 깨질 거예요.'

'뭐, 그건 할 수 없지.'

'아이들은요? 부모의 갑작스런 이혼은 아이들에게 좋지 못한 영향을 준다는 거 아시잖아요.'

'그렇다고 배우자를 속이고 있는데 놔둬? 예를 들어 남편이 벌어온 돈으로 다른 놈팡이에게 술 사주고, 밥 사주고, 옷 사주고, 용돈도 주고, 모텔비까지 내는 건 괜찮아?'

'아뇨! 그건 아니지만…. 반대도 있잖아요.'

'아! 자기가 번 돈을 아내가 아닌 다른 여자에게 쓰는 거 말하는 거지?'

'네! 그건 자기가 번 돈이니까요.'

'근데 그건 자기 아내를 속이는 거 아닌가?'

'그래서 얻는 이익이 없잖아요. 사기는 남을 속여 자신의 이익을 꾀하는 거니까요.'

'쾌락이 있잖아. 꼭 돈만 이익인 건 아니지.'

'그, 그건…!'

또 도로시의 말문이 막힌 모양이다.

'좋아! 유부남, 유부녀가 바람피우는 건 정도를 봐서 폭로

하도록 해.'

'정도요?'

'음! 어떤 가족이 국내 재산을 전부 처분하고 이민을 가기로 했어. 그래서 온 가족이 비행기를 타러 갔는데 가서 보니까 아내만 여권이 없는 거야.'

'네? 왜요?'

'왜긴, 여권 신청을 안 한 거지.'

'에? 정말요?'

'응! 남편이 계획적으로 서류를 누락시켰던 거야.'

'그래서요?'

'뭐가 그래서야? 남편이 아이만 데리고 갔지.'

'네에? 그래서 어떻게 되었어요?'

'미국 공항에 도착하니 다른 여자가 기다리고 있었어.'

'에? 그 여자는 누군데요?'

'미리 보내 놓은 정부(情婦). 둘이 짜고 계획적으로 아내를 따돌린 거야.'

'에이, 설마요. 꾸며낸 말이죠?'

'아니, 실화야.'

'에? 그럼 그 아내는 어떻게 되었어요?'

'졸지에 빈털터리인 채로 남게 된 아내는 불행히도 일가친척이 없었어. 그래서 진짜 고생고생하며 살았지.'

'그리고요?'

'사는 게 너무 힘들어서 결국 한강에 수온 재러 갔어.'

'에이, 뻥 같은데요?'

'아니! 이 일은 1998년 IMF가 한창 사람들 힘들게 할 때 일어났어. 사건 · 사고기록 검색해봐.'

'잠시만요. … 어? 마포대교 주부 투신사건 이건가요?'

'아마 그럴 거야.'

'세상에…, 그 남편이라는 놈 진짜 나쁜 놈이네요.'

'그래! 그놈 어떻게 되었는지 안 궁금해?'

'그것도 아세요?'

'응! 미국에 도착하고 이틀이 지나기 전에 어떤 허름한 모텔에서 죽은 채 발견되었어.'

'어머! 왜요?'

'기다리고 있던 여자의 정부(情夫)였던 놈이 총으로 쏴서 죽인 거지.'

'와! 나쁜 년이네요. 한 가정을 파괴한 것으로도 모자라 목숨까지 빼앗고 죽였다고요? 참, 아이는요?'

'아이는 발견되지 않았어.'

'살해되었나요?'

'아니, 인신매매 되었어.'

'헐! 그걸 어떻게 알아요?'

'5년쯤 지난 후 콜롬비아의 마약농장에서 죽었거든.'

'네에…?'

'마약농장에서 일하던 놈들에게 너무 심하게 시달려서 스스로 목숨을 끊었어.'

'일을 얼마나 시켰기에….'

'일을 시켜서 그런 게 아니야.'

'그럼…?'

'지속적인 성추행과 성폭행을 당했던 거야.'

'그걸 어떻게 알아요?'

'그 아이가 남긴 일기장. 한글로 쓰여 있어서 농장 관계자들은 해독하지 못했지만 마침 교포출신 경찰이 있어서 내용을 알게 되었어.'

'그, 그래서 그 마약농장은 어떻게 되었나요?' '

'관계자들은 모두 체포되었고, 농장은 불태워졌지.'

'나쁜 놈들이었으니 살 된 일이네요.'

'그렇지. 일기장을 본 경찰이 슬쩍 한국 대사관에 알려서 강력하게 항의하지 않았으면 아마 흐지부지되었을 일이야.'

'그랬겠죠.'

마약사업은 경찰 또는 군부의 비호가 없으면 지속될 수 없는 일이니 현수의 말이 맞을 것이다.

'참, 그 나쁜 여자는요?'

'그 여자? 남자의 재산을 다 빼돌려서 잘 살았을 거 같지?'

'돈도 다 빼앗은 거예요?'

'응! 남자가 그 나라 물정에 어두워서 전 재산을 현금으로

인출하게 했었거든.'

'그래서요?'

'그 돈의 100분의 1도 못 쓰고 죽었어.'

'에? 누가 죽였어요? 아! 그 정부 놈이지요?'

'맞아! 돈에 욕심이 나서 죽인 뒤 암매장했지.'

'와아! 인과응보네요.'

'그래도 싸지. 그런데 바로 다음 날 그 여자의 시신이 발견되었어.'

'암매장 했다면서요. 어떻게요?'

'산책하던 사람의 개가 땅을 팠는데 손이 튀어나와서.'

'어머! 그래서요?'

'인근에 폐쇄회로가 있었어. 그래서 범인을 잡았지.'

'다행이네요. 근데 그놈은 어떻게 되었는데요?'

'어떻게 되긴, 살인죄로 교도소에 수감되었는데 다른 재소자와 다투다가 맞아 죽었어.'

'우와! 샘통이에요.'

'그놈 시체를 찍어놓은 사진이 공개되었었는데 얼굴이 두 배로 커진 것처럼 퉁퉁 부어 있었지.'

'얼굴만요?'

'얼굴만 그랬겠어? 부검 결과 팔다리 뼈가 모두 부러졌고, 갈비뼈가 부러지면서 폐를 찌른 것이 직접적인 사인이야.'

'아유! 꼬셔라.'

누군가 피운 바람으로 다섯 목숨이 사라진 사건이다.

'이러니 유부남, 유부녀들의 외도는 없어져야 하지?'

'네, 그러네요. 제 생각이 짧았어요. 개인의 사생활은 보호되어야 하지만 그로 인해 살인과 같은 사건이 발생되는 건 막아야 하니까요.'

'그럼 어떻게 해야 할까?'

'바람피우는 현장을 사진이나 영상으로 확보해서 배우자에게 넘길까요?'

'그럼 여러 가정이 깨진다면서.'

'그럼 어떻게 해요?'

'정신 차리게 해주는 건 어때?'

'어떤 방법으로요?'

'세뇌용 상상칩 있지?'

'미리 세팅된 것을 상상하게 하는 거요?'

예를 들어, 전쟁에서 생포한 포로, 또는 첩보원에게 이걸 사용하면 자신의 국적을 착각하게 된다.

다시 말해 본인이 상대국에 파견된 이중간첩이라 착각하게 되는 것이다.

그러니 굳이 고문을 가하지 않아도 본인이 알고 있는 모든 걸 하나도 남김없이 모두 분다.

이걸 쓰면 바람피우는 유부남, 유부녀였지만 지극히 가정적이며 배우자를 깊이 사랑하는 사람으로 바뀌게 된다.

한편, 불륜 상대는 본인을 꼬여내어 가정을 파괴하려는 못된 사람이라 생각하게 되므로 관계가 끊어진다.

아울러 상대에 관한 기억이 급속도로 희미해진다. 불륜을 저질렀던 모든 일들이 스르르 잊히는 것이다.

그렇게 1주일이 지나면 마주 보고 있어도 전혀 기억하지 못하게 된다. 아무리 애를 써도 기억이 떠오르지 않는 것은 뇌에 담겨 있는 데이터가 전혀 없기 때문이다.

그리곤 가정으로 돌아가 오로지 가족과 배우자만 생각하는 지극히 성실한 가장, 또는 알뜰살뜰한 현모양처가 된다.

아울러 평생 배우자 이외의 이성에게 관심 갖지 않는다.

참고로, 무엇을 상상하게 할지는 사전에 입력되는 데이터에 따라 다른데, 그것은 무한대의 확장성을 가졌다.

무엇이든 상상할 수 있게 만드는 것이다.

'그래! 그걸 쓰면 정신 차릴 거 같지 않아?'

'근데 굳이 그 비싼 걸…'

사실 비싸지는 않다. 만능제작기에서 제작된 것을 축소마법으로 크기를 줄여서 만들기 때문이다.

먼저 하나를 만든 후 퍼펙트 카피 마법을 구현시키면 완전히 동일한 것들이 제작된다.

이를 컬렉티브 리덕션(collective reduction), 다시 말해 일괄 축소마법을 쓰면 바로 사이즈가 줄어든다.

버려진 쓰레기를 원료로 할 수 있고, 마법엔 돈이 들지 않으므로 제작비는 거의 제로에 가깝다.

그럼에도 도로시가 비싸다고 이야기 한 것은 특허권료 지불 때문이다. 그런데 여긴 이실리프 제국이 아니다.

완전히 다른 세상이니 특허권자에게 특허료를 지불해줄 방도가 없다. 게다가 특허권자가 태어나려면 앞으로 2,700년 이상 지나야 한다. 그러므로 세뇌용 상상칩의 제작원가는 0원이다.

'부모가 이혼하면 아이가 받는 충격이 크다며.'

'네, 그건 그렇지요.'

'여기선 특허료 지불 안 해. 그러니 아끼지 않고 써도 돼.'

'아! 그렇군요. 알았어요. 잔뜩 만들어서 마구마구 쓸게요. 제 데이터에 따르면 쓸 데가 상당히 많거든요.'

현재 바람피우고 있는 유부남, 유부녀들이 천지사방에 널려 있나는 뜻이다.

이 지시의 결과로 전국의 모텔들이 된 서리를 맞는다.

제비와 꽃뱀, 그리고 불륜이 사라진다.

게다가 바람둥이나 날라리와 짝을 이뤘던 커플들이 깨지면 대실(貸室) 수입이 왕창 줄어들기 때문이다.

게다가 콘돔 등 피임기구의 판매량도 획기적으로 줄어든다. 사용량이 대폭 감소하니 당연한 일이다.

모텔 등 숙박업소와 피임기구 제작공장 등이야 된 서리를 맞아 경영에 어려움을 겪겠지만 다수의 가정이 깨지지 않고 화목해지는 것이 여러모로 더 낫다.

따라서 세뇌용 상상칩은 성적으로 상당히 문란(紊亂)해진 현재의 대한민국 사회에 꼭 필요한 것이라 할 수 있겠다.

사회가 이전보다 훨씬 밝고, 건전해지며, 자라나는 새싹들의 정신건강에도 좋기 때문이다.

아울러 부모의 이혼 때문에 아동들이 불우한 환경에 처하지 않게 되니 적어도 일석삼조 이상은 된다.

도로시와 대화를 마칠 때 집무실 문이 열렸고, 조인경이 들어선다.

"부사장님! 대한민국 외무부 장관 오셨습니다."

"아! 그래? 안으로 모셔."

"네에."

조인경이 밖으로 나가고 얼마 지나지 않아 살짝 머리가 벗겨진 풍채 좋은 장년인이 들어선다.

"어서 오십시오."

"만나서 반갑습니다. 대한민국 외무부 장관 전철규입니다."

"네! 반갑습니다. 이쪽으로 앉으시지요."

"네에."

현재는 곧 개국할 이실리프 왕국의 예비국왕으로서 외교사절을 만나는 것이다. 하여 현수가 상석에 앉고 외무부 장관은 왼쪽 소파에 앉았다.

따라들어 온 장관의 수행원은 소파 뒤쪽에 섰다. 조인경 역시 다이어리를 펼쳐들고는 현수의 뒤쪽에 시립했다.

"장관님! 차는 어떤 게 좋으십니까?"

"에, 저는 아무거나 괜찮습니다."

"조 상무! 비서실에 쌍화차 주문해줘요."

"네! 알겠습니다."

조인경이 밖으로 나가자 전 장관은 집무실을 휘 둘러본다.

"사무실이 아주 깔끔하고 세련되었네요."

"네! 천지건설에서 신경을 많이 써줬습니다."

"먼저 개국과 즉위를 경하드립니다."

"감사합니다."

"저는 오늘 대한민국을 대표하여 국왕 전하와 양국간의 현안에 대해 의논드리고자 찾아왔습니다. 이것 받으시죠."

전 장관이 안주머니에서 꺼낸 것을 하얀 봉투인데 겉면에 두 마리 봉황이 금박으로 새겨져 있다.

새로 선출된 대통령의 친서이다.

"지금 봐도 되겠습니까?"

"아! 물론입니다."

현수는 대꾸 없이 봉투의 봉인을 열고 안에 담긴 것을 꺼냈다.

본인이 직접 와야 하나 만나는 장소가 적절치 않아 외무부 장관을 보내서 유감이라는 말로 시작되었다.

다음엔 이실리프 왕국의 건국을 지지하며 무궁한 발전을 기원한다는 내용이 있었다.

그 밑에는 의논하고자 하는 현안 목록이 기록되어 있었다.

수교, 이상가족 상봉, 비무장지대 처리, 국군포로 및 가족 송환, 도로 및 철도 연결, 교역, 이주 희망자 처리, 장기 미전향자 북송, 상호 관세 면제 등이 목록으로 떠 있다.

이밖에도 소소한 것들이 있었는데 어느 것 하나 중요하지 않은 것이 없었다.

"이걸 오늘 의논하자고요?"

한두 시간으로는 어림도 없을 일들이다.

"아이고, 아닙니다. 바쁘신 거 다 아는데 어찌 그렇게 하겠습니까?"

"그럼 어떻게…?"

"번거롭겠지만 전하께서 청와대를 한 번 방문해주셨으면 하는 게 대통령님의 뜻입니다."

"좋아요. 언제가면 될까요?"

"언제든 괜찮다 하셨으니 전하께서 정하시죠."

"대통령님도 국정 때문에 바쁠 텐데 그래도 되나요?"

"네! 됩니다. 이실리프 왕국은 우리와 국경을 마주한 유일한 국가이고, 60년 이상 적대하던 북한을 소멸시킨 국가이니 당연히 저희가 시간을 맞춰야한다고 말씀하셨습니다."

한국보다 왕국이 양보할 것이 많으니 배려 차원에서 저자세를 견지하려는 모양이다.

"좋습니다. 내일 오후 5시쯤 방문하죠."

"네! 차를 보내겠습니다."

"아뇨! 그럴 필요까지는…. 저희도 차는 있습니다."

"아닙니다. 국가 원수를 맞이하는 의전을 갖춰야 하죠. 더군다나 첫 대면이잖습니까."

"좋아요, 그럼!"

"감사합니다."

"오신 김에 점심 같이 하시죠."

"아! 그럼, 그럴까요?"

잠시 후 테이스토피아 6인분이 올라왔다.

현수와 외무장관이 함께 식사를 하는 동안 조인경과 김지윤, 이수린, 이은정은 내실에서 먹었다.

"어머! 이거 너무 맛있어요."

"와아! 진짜, 이거 무슨 요리죠? 맛이 끝내줘요."

이수린과 이은정이 연신 감탄사를 내뱉을 때 외무장관은 고개를 처박은 채 먹기에 바빴다.

'맛 어때요?'

'흐음! 이 정도면 뭐 80점은 되겠어.'

'다행이네요.'

'그러게.'

현수는 도로시와 대화를 나누며 느긋하게 점심을 즐겼다.

Chapter 10

반도체 대란

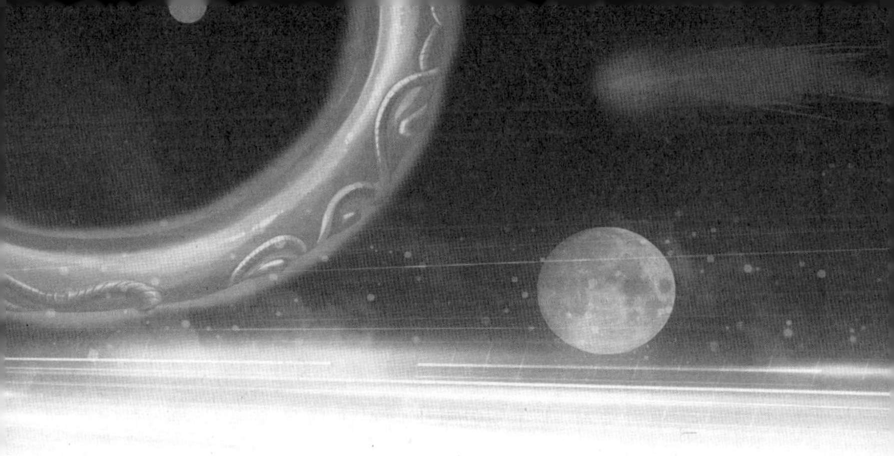

한국이 입출국은 물론이고 수출입까지 정지된 상태가 되자 대만의 TSMC는 초호황을 누릴 참이었다. 자타 공인 양대 공급망 중 하나가 사라진 셈이기 때문이다.

그런데 공교롭게도 대만의 생산 또한 딱 끊겼다.

정전이 된 것도 아니건만 갑자기 정지한 것이다. 이에 기술자들을 급파하여 점검케 하였는데 골치 아프게 되었다.

A에서 문제를 발견하여 조치를 취하면 K가 고장 나서 발목을 잡았다. 하여 이를 고쳐내자 이번엔 C와 Q에서 문제가 발생되었다.

할 수 없이 C를 수리하려니까 Q는 물론이고 F와 Z까지 말

썽을 부린다.

그래도 하던 것을 마저 해야 했기에 Q를 손보는 한편 전체를 점검하고 있었는데 이번엔 B, F, H, L, M, P, U, Y가 동시다발적으로 고장 났다.

이쯤 되면 신경질을 넘어 화가 날 판이지만 어쩌겠는가!

여럿의 밥줄이 달린 일인지라 동시에 많은 인원을 투입하여 어떻게든 문제점을 해결하려고 했다.

그러던 어느 순간 요란한 경고음이 터져 나왔다.

이번엔 이미 수리를 마쳤던 A, K, C, Q, B를 포함하여 거의 모든 부분에서 고장이 발생된 것이다.

한쪽에선 연기가 모락모락 피어오르고, 다른 한쪽에선 누설된 전류 때문에 스파크(spark)가 일어난다.

또 다른 쪽에선 누전된 전기로 인해 기기들이 뜨거워지고 있다. 일종의 저항 역할을 하고 있는 것이다.

건너편 쪽에선 식각용액이 흘러넘치면서 장비 자체에 심각한 손상을 입히고 있다. 아울러 급속한 스핀현상이 일어나 기기에 손상이 발생된다.

온갖 사고가 동시에 터져버린 것이다.

TSMC 쪽에서는 어떻게든 고쳐보려고 애를 썼지만 정상 가동 가능성은 점점 더 희박해지고 있었다.

가장 뼈아픈 손실은 ASML에서 수입한 고가장비의 고장이다. 초정밀 기기인지라 제어시스템이 매우 중요한데 그 자체에 문제가 생겼다.

전문가들을 불렀더니 시스템 데이터뿐만 아니라 프로그램 자체가 랜섬웨어에 감염되었다는 의견을 내놓았다.

잎친 네 덮친 것이며, 설상가상인 것이다.

하여 실력 있는 해커들을 대거 투입하여 조속한 문제 해결을 요청했지만 감감 무소식이다.

사실 그들의 실력으로는 감히 어찌해볼 방도조차 없는 것이니 지극히 당연한 일이다.

생산이 딱 끊기고 그 시간이 길어지자 문제가 발생되었다.

원료대금, 수리비용, 초청 기술자 출장비용, 직원임금, 외주비용, 공장 유지비, 각종 세금의 지불이 버거워진 것이다.

하여 궁여지책으로 슬림화 작업을 실시했다. 한국으로 치면 구조조정에 나선 것이다.

그렇게 하여 약 10%의 임직원들이 회사를 떠났는데 그래도 해결될 기미는 보이지 않았다.

그래서 추가로 20%를 더 잘라냈다. 그러자 남아 있던 직원들이 동요했다. 본인도 조만간 잘려나갈 수 있음을 깨닫고 각자도생(各自圖生)[13] 에 나서려는 것이다.

회사에서 자르기 전에 먼저 사직서를 제출하고 사방팔방에 이력서를 보내기 시작한 것이다.

이렇듯 한국과 대만 양국에서 문제가 발생되자 전 세계는

13) 각자도생(各自圖生) : 제각기 살아나갈 방법을 꾀함

반도체 대란에 빠져 들었다.

두 나라가 거의 모든 공급량을 책임지고 있었는데 둘 다 꽉 막혀버렸으니 당연한 일이다.

마땅한 대안이 없어 미치고 환장할 지경이었지만 어쩌겠는가! 이가 없으면 잇몸으로라도 살아야 한다.

하여 반도체 재활용이 화두로 등장했다. 버려지는 전자기기에 있는 것이라도 빼서 쓰자는 것이다.

그나마 다행인 점은 욕심 사납던 지나가 쏙 빠져버렸다는 것이다. 놈들이 있었다면 이번 반도체 대란은 그냥 대란으로 끝나지 않았을 것이다.

그간의 행실로 미루어 짐작해보면 틀림없이 뭔 수를 부렸을 것이다. 남의 나라 기술진을 스카우트 한 뒤 단물만 빼먹고 버리는 걸 예사로 했던 놈들이다.

토사구팽(兎死狗烹)의 원조다운 짓거리이다.

그러니 하다하다 안 되면 전쟁을 일으켜서라도 반도체를 확보하려고 했을 것이다.

다행히도 이미 멸망 수순으로 접어들었으니 이런 불행한 일은 일어나지 않게 되었다.

어쨌거나 수요량이 대폭 줄었지만 공급이 훨씬 못 미치기에 거의 모든 나라가 반도체를 구하려 혈안이 되어있다.

원래 역사대로라면 재정난에 빠진 도시바가 도시바메모리 매각이라는 결단을 내린다.

안 그러면 그룹 전체가 망하게 생긴 때문이다.

다행히 반도체 장기호황 국면을 앞두고 나온 매물인지라 전 세계 반도체 기업들의 관심이 집중된다.

그러다 내년 가을쯤 SK하이닉스가 참여한 한·미·일 연합 컨소시엄에게 넘어가게 된다.

이는 일본 반도체의 완전한 몰락을 의미하는 일이다.

그런데 이번엔 안 그럴 모양이다.

한국에 이어 대만에서도 문제가 발생되었고, 원인조차 파악되지 않아 수리를 못하는 상황이다.

언제 생산이 재개될지 알 수 없게 된 것이다. 덕분에 반도체 가격이 폭등하여 거의 금값이 되었다.

이에 약삭빠른 도시바는 즉각 매각을 백지화하였고, 현재는 기사회생을 기대하는 중이다.

한편, 일본 정부는 잃어버린 반도체 패권을 되찾을 절호의 기회라 여기고 도시바메모리에 돈을 쏟아 붓고 있다.

남의 불행은 곧 나의 행복이라면서 대규모 공장 증설과 연구인력 충원에 막대한 자금을 투입하고 있는 것이다.

덕분에 직업을 잃었던 TSMC 소속 연구진 및 기술진들이 대거 이동했다. 그들로서는 다행한 일이다.

한편, 미국 등은 한국으로 시선을 돌렸다.

수출입이 끊긴 기간이 꽤 길었으니 재고가 산더미처럼 있을 것이라 여겼고, 그 물량을 공급받고 싶은 것이다.

하지만 그들의 예상과 달리 재고는 그리 많지 않다.

일찌감치 기존 생산라인 개선 및 혁신라인 신설작업을 시작했기 때문이다.

현재는 일부 라인만 가동되고 있어서 예전에 훨씬 못 미치는 양만 생산되고 있을 뿐이다.

따라서 반도체 대란은 한국의 입출국 및 수출입 제한이 완전히 풀리더라도 당분간은 지속될 전망이다.

아무튼 반도체 공급이 끊기는 바람에 모처럼의 호기를 맞은 도시바는 날마다 신바람이다.

하지만 그 기간은 그리 길지 않을 것이고, 이번에 증설한 공장 및 장비들은 조만간 폐기처분해야 한다.

한국이 성능과 가격 모두 완전히 압도하는 반도체를 쏟아낼 것이기 때문이다.

굳이 비교하자면 목검을 든 힘없는 농노와 강철로 만든 칼을 든 소드마스터와의 대결 정도가 된다.

한국에선 기존 생산라인들을 대대적으로 개선하고 있는데 ASML에서 공급된 EUV 노광장비보다 훨씬 진일보한 장비 및 기기가 설치되고 있다.

아울러 전 공정 완전자동화도 동시에 진행된다.

미래의 첨단기술과 마법, 원소분해기와 원소수집기, 그리고 만능제작기가 있기에 가능한 일이다.

예전과 달라지는 점은 메모리 반도체뿐만 아니라 비메모리

반도체와 시스템 반도체까지 생산될 예정이라는 것이다.

생산량은 국내의 모든 수요를 충족시키는 정도이다. 아울러 설계부터 생산까지 완전한 기술 독립이다.

원래의 역사대로라면 삼성전자는 평택에서 2세대 10㎚ FinFET 공정 양산을 시작한다.

참고로, 2016년에는 업계 최초로 10㎚ FinFET SoC와 DRAM 양산을 개시한 바 있다.

평택공장의 일부는 기존대로 생산을 한다. 당분간 내수와 수출 물량을 충족시키게 될 것들이다.

이번엔 신설되는 혁신공정에선 5나노 제품이 생산된다.

참고로 원래의 역사에선 2023년이 되어야 5나노 반도체를 생산하게 된다. 그러니 6년 이상 앞선 기술이다.

아무튼 2019년엔 3나노, 2021년엔 1나노급 반도체를 생산함으로써 세계 시장을 석권할 계획이다.

삼성전자가 추구하던 진정한 초격차를 이루려는 것이다.

수출입이 풀리면 적당한 시기를 잡아 치킨게임을 시작하여 전 세계 반도체 공장들을 모두 도산시킬 것이다.

아무것도 생산하지 못하게 된 TSMC는 물론이고, 도시바메모리도 당연히 망하게 된다.

모두 나가떨어지면 당연히 정상가격으로 인상된다. 그간의 손해까지 모두 벌충해야 하니 상당한 가격이 될 것이다.

이럴 경우 미국 등에서 압력을 가할 수도 있을 것이다.

수출에 제한을 걸거나, 자국 내에 반도체 공장을 지으라는 개소리를 지껄이면 바로 생산량 감축이다. 그렇지 않아도 비싼 반도체를 더 비싸게 만들어버리는 것이다.

이에 항의하면 내수용만 생산한다. 그래놓고는 수출할 물량이 없어서 못 팔겠다는데 어쩌겠는가!

이에 불만을 품은 미국 등이 자국 특허 사용을 불허하거나 제한을 가해도 아무런 문제없다.

기존 특허기술로 제조하는 것이 아니기 때문이다.

참고로, 앞으로 생산될 반도체는 그 모양부터 완전히 다르며, 웨이퍼를 사용하여 생산하지 않는다.

참고로, 신설되는 혁신라인에선 포토레지스트와 불화수소, 그리고 불화폴리아미드 등을 사용하지 않는다.

이것만 봐도 기존 방법으로 생산하지 않는다는 것이 증명되는 것이니 시비를 걸 수 없다. 향후의 삼성전자와 SK하이닉스는 생산기지의 해외진출을 시도하지 않는다.

오히려 외국에 있는 걸 모두 국내로 복귀시킨다.

그냥 두면 언제고 발목 잡는 인질이 될 수 있고, 양질의 일자리를 외국에 제공할 하등의 이유가 없는 때문이다.

아울러 기술 유출을 미연에 방지하려는 목적도 있다.

참고로, 공장 인근엔 반도체 관련 원료, 소재, 부품, 장비 제조회사들이 포진하게 된다.

일부 라인에서 사용하게 될 불화수소, 불화폴리이미드, 포토레지스트 등을 포함한 모든 것이 한 곳에서 집중적으로 생산되는 것이다.

이 회사들의 공통점은 여러 가지가 있는데 그중 하나는 외부 자금이 전혀 개입되지 않았다는 것이다.

아울러 외국 기술이나 특허 역시 전혀 사용하지 않는다.

그리고 모두가 비상장기업이다. 외부 자본에 의해 좌지우지될 확률을 아예 제로로 만들어버린 것이다.

이렇듯 소재, 부품, 장비의 100% 국산화를 이루게 된 일등공신은 당연히 도로시이다.

그 결과 반도체의 완전한 자급자족이 성사되었다. 완전 자동화 무인공장 설계도까지 제공했기에 가능했던 일이다.

앞으로는 설계와 생산에 인간이 관여할 수 없다.

그러니 누군가 개입하여 고의로 생산을 멈추게 하는 등의 농간을 부리거나 기술을 유출시킬 확률이 사라졌다.

각 회사의 대표는 모두 휴머노이드이다.

직원들이 있기는 하다. 이들은 생산과 관련 없는 회계와 영업, 홍보 등을 맡을 뿐이다.

한편, 왕국에서 사용될 1나노 이하급 고성능 반도체는 당분간 SK하이닉스에서 짓고 있는 신설공장에서 생산된다.

하이닉스 E—캠퍼스라고 불릴 예정인 이 공장은 면적이 약 30만 평 규모이다.

가로세로 각각 1㎞인 이 공장의 가장 큰 특징은 입구에서

출구까지 완전한 무인공장이라는 것이다.

생산라인의 유지와 보수, 원료 공급, 품질 관리, 완제품 계수 및 반출까지 100% 일꾼로봇이 전담한다.

보안 때문이다.

그래서 이 공장 외곽엔 세 겹의 철조망이 둘러진다.

높이 3m, 5m, 7m인 철조망이 차례로 쳐지게 되는데 각각의 기둥엔 감시카메라 및 고성능 동작감지센서가 설치된다.

하여 무단침입이 감지되면 그 즉시 고압전류가 흐른다.

선자불래(善者不來) 내자불선(來者不善)이라는 말이 있다. 착한 이는 오지 않고, 온 자는 결코 선하지 않다는 뜻이다.

멀쩡한 입구 놔두고 무리하여 철조망을 넘는 자가 있다면 결코 좋은 뜻으로 온 게 아닐 것이다.

그렇다면 사망으로 화답해준다.

그럼에도 별별 수단을 동원하여 세 겹의 철조망을 돌파하는 경우라도 안심하기엔 이르다.

무시무시한 능력을 가진 전투로봇들이 두 눈 시퍼렇게 뜬 채 대기하고 있는 때문이다. 이들의 경계는 24시간 내내 단 1초도 끊이지 않고 지속된다.

10만 명의 고도로 훈련된 군인들이 중무장하고 전차, 장갑차, 헬리콥터, 전투기, 폭격기까지 동원하여 일시에 습격하는 경우를 상정한 대비태세가 갖춰져 있다.

5개 사단이 완전무장하고 동시에 기습하는 경우를 대비한 것이다. 이 정도면 국가 대 국가의 전쟁이나 다름없다.

한편, 전투로봇은 모든 침입자와 장비를 남김없이 죽이거나 파괴하도록 프로그래밍 되어 있다.

그래서 명중률 100%인 조준사격을 하는데 목표는 심장이다. 단숨에 숨을 끊어놓으려는 의도이다.

가끔 미간을 겨냥할 때도 있는데 두개골을 터뜨리는 한편 뒤쪽에 있는 인간의 심장에 타격을 주기 위함이다.

다시 말해 일타쌍피를 노리는 것이다.

전투로봇은 소총뿐만 아니라 소형 레일건도 사용한다. 각자에겐 소총 10자루, 레일건 5자루씩 지급된다.

레일건이 사용할 동력은 공장 지하에 설치되어 있는 핵융합 발전기에서 제공된다. 따라서 동력이 부족하여 레일건을 발사하지 못하는 일은 일어날 수 없다.

참고로, 전투로봇은 인정을 베푸는 실수를 하지 않는다.

그러니 인간은 완전 박멸이다. 확인사살까지 실시하므로 운 좋게 살아남는 인원 따위는 있을 수 없다. 다시 말해 10만 명이 기습하면 10만 구의 시신이 쌓이게 된다.

전투기와 폭격기는 모두 인간이 조종한다. 그래서 조종사의 미간을 조준하여 사격한다.

이렇게 하면 사출좌석을 이용한 비상탈출을 할 수 없게 된다. 기체가 추락하면서 동시에 화장까지 되는 것이다.

무인폭격기의 경우는 연료탱크가 조준된다. 그러면 허공에서 화려한 불꽃놀이를 하면서 추락하게 될 것이다.

이에 비해 장갑차와 전차는 아주 손쉬운 먹잇감이다.

소형 레일건에서 발사된 탄자의 관통력은 1,200㎜ 이상이다. 참고로, 이보다 두꺼운 전면 장갑을 가진 전차는 없다.

따라서 장갑차는 물론이고 전차라 할지라도 뻥뻥 뚫린다.

이때 사용되는 탄자는 장갑을 뚫고 들어가 내부에서 폭발하는데 155㎜ 고폭탄이 터지는 위력이다.

좁은 실내에서의 강렬한 폭발은 내부 인원 전부를 곤죽으로 만들고도 남는다. 따라서 생존자는 있을 수 없다.

어쨌거나 전투로봇의 공격으로부터 안전하려면 최소 두께 1.2m가 넘는 강철판 뒤에 몸을 숨겨야 한다.

콘크리트로 된 벽이라면 두께가 5m가 넘더라도 생존을 보장하지 못한다.

레일건의 위력에 의해 벽이 무너지기 때문이다.

어쨌거나 특정국가에서 이런 기습을 한다면 채 하루가 지나기 전에 그 나라 전부가 완전히 초토화된다.

아울러 해외체류 중인 그 나라 국민들까지 모두 제거된다.

나라 전체를 완전히 삭제해버리는 것이다. 그리고 이러한 사실은 즉각 공표된다.

감추고 싶어도 감춰지는 일이 아니기 때문이다. 그리고 덤비고 싶으면 덤벼보라는 강력한 경고의 뜻도 포함된다.

만일, 또 다른 나라에서 공격할 조짐을 보이면 그 즉시 사실을 공개하고 먼저 나선다. 적이 공격하기를 기다려줄 하등의 이유가 없기 때문이다.

눈먼 총알 하나로 인해 공장 담벼락에 흠집이라도 나면 그걸 볼 때마다 짜증나니 당연한 일이다.

어쨌거나 반도체 혁신공장은 외부의 공격으로부터 100% 안전하다. 그럼에도 왕국 개발이 어느 정도 진행되면 모두 이전될 예정이다.

한국을 못 믿어서가 아니다.

'보물을 가진 것이 죄가 되어 재앙을 불러온다.' 는 말이 있다. 춘추좌씨전에 나오는 말이다.

공장을 한국에 그냥 놔두면 반도체 제조기술을 빼돌리기 위한 시도가 끊임없이 이어질 것이다.

산업스파이를 아무리 많이 파견해도 뜻을 이루지 못하면 결국엔 테러를 계획한다.

그러면 수백, 수천이 아니라 수백만 내지 수천만 또는 수억 명이 모조리 죽게 된다. 인간의 탐욕이 빚은 참사이다.

이를 어찌 두고 보겠는가! 그러니 아예 인간 출입이 완전히 금지된 곳으로 이전하는 편이 낫다.

한편, 삼성전자와 SK하이닉스가 전 세계 반도체 시장을 평정할 때까지는 적절한 기술지도 내지 전수를 해준다.

최종적으로는 1나노까지만 허용한다.

현수가 이들 두 회사의 주식 100%를 확보했기에 베푸는 아량이다.

이실리프 왕국은 별도의 반도체를 사용한다. 훨씬 더 고성능이고, 대용량이며, 발열이 없는 것이다.

이는 철저히 내수용으로만 쓰일 예정이다.

다른 국가는 물론이고 국경을 마주하고 있는 인접 국가에도 공급하지 않는다.

너무 빠른 기술의 발전으로 인해 자칫 인류공멸이라는 어처구니없는 결과를 야기시킬 수 있기 때문이다.

'그나저나 요즘 밀항이 늘었어요.'

'밀항? 이 시기에 웬 밀항? 한창 전염병이 창궐해 있는 걸로 알려져 있는 거 아냐?'

'맞아요. 그럼에도 반도체와 디스플레이 등의 기술을 빼가기 위한 산업스파이들이 입국을 시도하고 있어요.'

'응? 지나는 거의 멸망 단계 아냐?'

전 세계 곳곳에 무수한 간첩을 파견한 대표적인 국가이기에 한 말이다.

'지나에서만 보내나나요? 일본 등도 있잖아요.'

전 세계를 주름 잡으며 한참 잘 나가다 졸지에 반도체 후진국으로 전락한 국가이니 충분히 이해된다.

'그래. 그래서 어떻게 하고 있는데?'

'일단은 전부 체포하여 감금해놓았어요.'

'어디에?'

‘부산, 인천, 목포, 거제항 등의 창고요.’

‘응? 거제는 또 뭐야?’

‘거긴 조선기술을 빼가려고 파견한 거 같아요.’

한국이 가진 고부가가치 LNG 선박 설계도 등을 노렸다는 뜻이다. 남이 공들여 개발해놓은 걸 날로 먹어보겠다는 심보가 괘씸하다.

이런 짓을 자행했던 지나는 천벌을 받아 몰살당하는 중이니 형평성을 맞추려면 그에 버금가는 처벌이 합당한다.

‘고문을 해서라도 어디의 누가 보냈는지 확실히 파악해.’

‘알겠어요. 그 다음에는요?’

‘말해서 뭐해? 배후를 추적해서 모두 제거해야지.’

‘엥? 전부요?’

‘그래! 님의 기술 거저먹으려는 노둑놈들 아냐?’

‘그렇죠.’

‘그렇게 기술 훔쳐 가면 그걸로 제품 만들어 놓곤 지들 기술로 만든 거라고 속여서 팔겠지?’

‘아마도 그렇겠죠?’

‘그럼 사기잖아. 안 그래?’

‘아~! 네에, 사기 맞네요.’

사기라는 단어가 언급된 이 대목에서 이미 어찌 처벌할지 정해진 것이나 다름없다.

‘그러니 제거하라고.’

'넵! 알겠어요. 모조리 제거! 명을 받들어요.'

'아! 일본에서 온 놈들에겐 731부대에서 했던 대로 해.'

'네?'

페스트 및 탄저균 감염실험, 극한 환경에 노출시켜 동상에 걸리게 하기, 모든 혈액을 짜내는 실험 등을 자행한 바 있다.

이걸 고스란히 재현해보라는 뜻이다.

'731부대에 대한 데이터 없어? 그놈들이 했던 짓을 고스란히 돌려주라고.'

'아! 네에. 그럴게요.'

잠시 후 부산, 인천, 목포, 거제항 인근에 자리 잡은 창고에선 소리 없는 비명이 터져 나온다. 놈들이 신고 있던 양말을 입에 물린 후 청테이프를 붙여놓았기 때문이다.

산업스파이들이 알고 있는 모든 것을 털어놓게 하는 건 너무도 쉽다. 거의 죽을 것 같은 고통을 경험케 하면 헤라클래스라도 아는 걸 다 분다.

그럼에도 휴머노이드들은 현수의 지시대로 손발을 꽝꽝 얼린 뒤 끝부분부터 대략 5㎜ 간격으로 잘라내는 고문을 가한다. 얼어붙은 상태이기에 통증은 그리 크지 않다.

하지만 본인의 손과 발이 조금씩 썰려나가는 생생한 현장을 보는 것은 뇌리에 극심한 공포를 가한다.

그렇게 2㎝ 정도를 잘라내고는 밀항 목적을 묻는다. 이때 제대로 된 대답을 하지 않으면 다시 2㎝를 잘라낸다.

4번의 작두질을 하는 동안엔 아무런 질문도 하지 않는다.

이는 다시 물었을 때 바로 대답하지 않으면 또 2㎝가 잘려 나가는 걸 보게 될 것이라는 것 의미한다.

손가락 발가락은 각각 10개씩 있고, 시간은 널널하다.

다 잘리고 나면 발목부터 무릎까지 거의 30㎝가 더 있고, 손목부터 팔꿈치까지도 거의 비슷하다.

게다가 좌우에 하나씩 더 있다.

총 120㎝를 잘라내려면 240번이나 작두로 제 살과 뼈가 썰리는 것을 구경을 해야 한다.

바짝 날을 세워 시퍼런 예기(銳氣)를 보이던 작두는 점점 무뎌지고 있다. 그럴수록 통증이 점점 더 심해질 것이라는 경고의 말을 듣게 된다.

이쯤 되면 없는 말이라도 지어내기 마련이다. 다가올 고통과 죽음이 너무나 무섭기 때문이다.

그냥 풀어줘도 살 확률은 거의 없다. 운 좋게 살아남는다 하더라도 평생을 병신으로 살아야 한다.

예전보다 훨씬 좋아진 의수나 의족이 있다지만 어찌 본인의 진짜 손과 발만 하겠는가!

그렇기에 바들바들 떨며 아는 바를 소상히 털어놓는다.

다음은 도둑질을 지시한 자들에 대한 응징이다. 지위고하를 막론하고 산업스파이와 똑같은 처벌을 가한다.

설사 일국의 대통령이나 수상이라도 예외는 없다.

더 알아낼 것이 없더라도 최하 100번의 작두질을 경험하게 될 것이다.

그런데 휴머노이드들은 결코 자비롭지 못하다. 입력된 대로 지시받은 명령을 수행하는 것이니 당연하다.

그럼에도 목숨을 끊는 대신 포션으로 치료해준 후 적당한 곳에 내다버린다. 손목과 발목 모두 잘린 상태이고, 안구와 성대 또한 적출당해서 없다.

이런 조치를 취하도록 한 것은 도로시이다. 도둑놈에 사기꾼이니 그에 합당한 처벌을 받아야 하는 때문이다.

어쨌거나 구급차에 실려 응급실에 가도 할 게 없다. 잘려나간 것들은 없고, 상처는 아물었기 때문이다.

신체에 큰 특징이 있지 않은 이상 그 나라의 대통령이나 총리라고는 생각하기 힘들 것이다. 눈이 없으면 본래 모습을 짐작하는 것이 쉽지 않아서이다.

'산업스파이들은 앞으로도 계속 같은 기준으로 처벌해.'

'전부요?'

'응! 그리고 국내에서 개발한 기술을 해외로 빼돌리려는 것들이 있으면 추가로 전 재산을 몰수해.'

본인이 처음부터 끝까지 개발한 것이 아니라면 아무리 부당한 처우를 받았다 하더라도 기술을 빼돌리면 안 된다.

국익 때문인 것도 있지만 그걸 같이 개발한 동료들의 피땀어린 노력에 비수를 꽂는 것이나 다름없어서이다.

그러니 가중처벌이 맞다.

'가족들은 어떻게 할까요? 기술을 팔아넘기려던 자라면 부당한 대우를 받았을 테니 형편이 넉넉지 않을 거 같아서요.'

'……!'

들어보니 맞는 말인 거 같다. 회사에서 제대로 된 대우를 해줬다면 굳이 기술을 빼돌리려 하지 않았을 것이다.

'산업스파이 짓으로 번 돈을 같이 썼다면 처벌 대상인 거 맞지만 아닌데도 그러는 건 조금….'

'그럼 어떻게 하자고?'

'재산 몰수는 죄 없는 유족들을 완전한 나락으로 떨어뜨리는 일이니 그건 재고해주시죠.'

도로시의 말은 지극히 타당했다.

돈 나 빼앗으면 졸지에 거지 신세가 된다. 그럼으로써 겪게 될 고생은 굳이 상상해보지 않아도 뻔하다.

사회의 최하층이 어떤 삶을 사는지 다들 알기 때문이다.

'끄응~! 그래, 그렇게 해.'

도로시는 자신의 뜻이 관철되자 기분이 좋은지 짧고 강한 대답을 한다.

'넵!'

Chapter 11

솜방망이를 쇠뭉둥이로

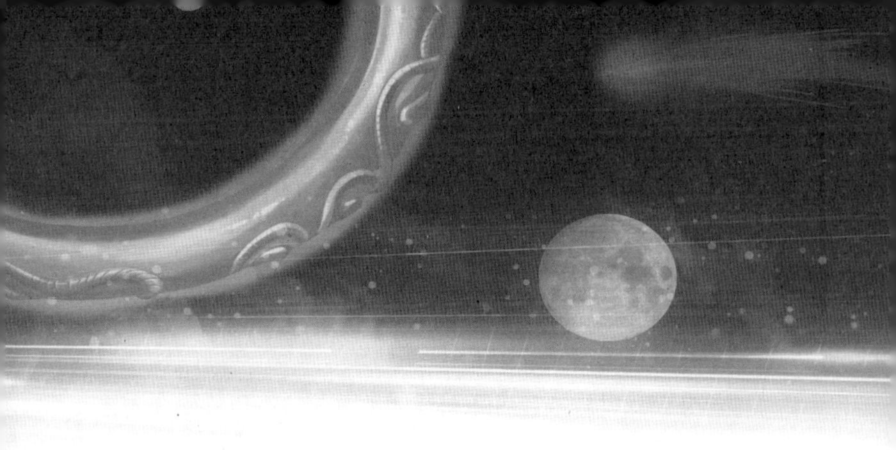

'대신 기술을 빼돌린 대가로 호의호식한 것들은 어떻게 해야 하는지 알지?'

'아이고, 그건 당연하죠. 걱정 마세요.'

'그나저나 전에 지시했던 학교폭력 건은 완결된 거야?'

'거의 다 되었는데 계속해서 재발하고 있어요.'

'응? 충분한 대가를 치르게 하지 않았어?'

'그랬죠. 폭력을 행사한 것들은 정도에 따라 손목 또는 발목 인대를 제거했어요. 죄질이 악랄하다 판단된 것들은 둘 다 제거했구요.'

다시는 누군가에게 폭력을 휘두를 수 없도록 영구적 장애를 갖게 했다. 인대 자체를 없애버린 것이니 아무리 솜씨 좋은 의사라 할지라도 원상복원은 불가능할 것이다.

'성폭력이나 성매매 건은?'

'수컷은 물리적 거세와 더불어 화학적 거세까지 했구요. 암컷은 아예 수태 불능이 되도록 했어요.'

인성 글러먹은 것들이니 아예 후손을 볼 수 없도록 조치를 취한 것이다.

'악의 편에 섰거나 불의를 보고도 모른 척했던 교사들은?'

'지시하신대로 시력을 잃게 만들었어요. 6개월이 지나기 전에 맹인이 될 거예요. 복구는 당연히 불가능해요.'

'흠! 잘 했네. 근데 그 숫자는?'

'폭력을 행사했다가 처벌받은 놈들의 수는 3,543명이고, 성폭행을 가했던 놈들은 6,887명, 강제로 성매매를 하게 했던 것들은 4,946명이에요.'

'처벌받은 교사 수는?'

'1,997명이에요.'

'뭐야? 그렇게나 많았어?'

'네! 생각보다 많지요? 전국이라 그래요.'

'흠! 하긴 뭐….'

전국에 초, 중, 고등학교 및 대학교가 얼마나 많은가! 그러니 많은 게 당연하다.

'근데 왜 다 끝나지 않은 거야?'

'새롭게 나타나는 것들이 있어서요.'

'왜지?'

'소년원에 있다가 오는 애들이 있어서 그래요.'

'아! 그놈들을 까먹고 있었네.'

드러나게 비행(卑行)을 저질러 법적처벌을 받은 것들이 가는 곳이 소년원이다. 그 안에 갇혀 있는 동안 참회하는 경우도 있겠지만 그는 0.1%도 되지 못한다.

오히려 본인을 처벌받게 한 피해자를 원망하거나 복수를 꿈꾸는 것들이 훨씬 많다.

이래서 사람은 고쳐 쓰는 게 아니라는 말이 있는 것이다.

실제로, 일선 형사들은 이렇게 말한다.

만기 출소 또는 사면 등으로 풀려난 범죄자들은 짧게는 한 달, 길게는 반년 이내에 다시 범죄를 저지르다 체포된다.

실제로 진정한 개과천선은 이승에선 지극히 드물다.

현수가 직접 경험한 바에 의하면 로또 1등에 당첨되는 확률보다도 더 적었다. 죄지은 자 814만 5,060명 중 겨우 하나 정도가 진정으로 회개했다는 뜻이다.

이러니 개과천선을 바라고 선처해주는 것은 쓸데없이 오지랖을 넓히는 일이나 마찬가지이다.

'어떻게 할까요?'

'한국의 법원은 솜방망이 처벌만 하고, 소년원은 오히려 범죄자 양성소에 가까워서 출소 후 재범하는 경우가 많지?'

'네. 그렇긴 해요.'

'그럼, 죄를 살펴 학교폭력과 동일한 처벌을 가해.'

솜방망이를 쇠방망이로 바꾸라는 뜻이다.

'에? 이미 수감되어 있는데요?'

'그게 무슨 수감이야. 소년원은 감옥이 아닌 학교야. 학교!'

실제로, 춘천소년원은 '신촌정보통신학교' 라 하고, 수감 청소년을 학생이라 부른다. 그리고 교사가 56명이나 있다.

'……!'

잽싸게 데이터를 확인한 도로시는 대꾸를 하지 않는다. 현수의 말이 사실이기 때문일 것이다.

'그리고 성 관련 범죄를 저지른 여학생들에게서 수태능력을 빼앗는 것만으로는 처벌이 부족해.'

'네? 그럼 어떻게요?'

'요즘 페미들이 죽어라 남녀평등을 부르짖는다며? 그럼 수컷에 준하는 체벌도 있어야지. 안 그래?'

'……!'

'왜? 심한 거 같아? 수태능력만 제거하는 건 아무런 통증을 못 느끼잖아. 일상생활에 아무런 지장도 없고.'

'그, 그래서요?'

'수컷들은 물리적 거세를 했다며. 있던 게 떨어져 나갔다면 그걸 볼 때마다 정신적 충격을 받지?'

'네, 그렇겠죠.'

'근데 체내의 난소를 없애거나 여포세포를 모두 제거하는 것은 눈에 보이지 않으니 충격받을 일 없잖아.'

'네, 아무래도 그렇겠죠. 출소 후 산부인과 같은 곳에서 임신할 수 없는 몸이라는 걸 확인 받아도 아무런 고통을 못 느끼죠. 단지 임신을 못 하게 된 것뿐이니까요.'

'그러니 추가로 뭔가를 하자는 거야.'

'말씀하세요.'

'발목을 하나씩 날려.'

'네? 발목이요?'

'응! 범죄를 저질러도 제대로 도망갈 수 없도록!'

'잘라내면 의족을 쓸 수 있어요. 나날이 발전하고 있어서 웬만큼 시간 지나면 겉으론 구분하지 못하게 될 거예요.'

'으음, 그럴까?'

'네! 그러니 인대와 힘줄을 동시에 제거하는 건 어떨까요? 의족도 익숙해지면 걸을 만하니까요.'

'좋은 아이디어네. 좋아 그렇게 해.'

'인성 글러먹은 것들에게 딱 맞는 처벌이네요. 알겠어요. 추가로 제재를 가하게 할 게요.'

'하는 김에 전국의 교도소를 싹 다 훑어.'

'……!'

'사실 확인해서 진짜 나쁜 놈들에겐 데스봇 레벨 2와 레벨 6를 동시에 투여해.'

그냥 고통만 주지 말고 근력까지 대폭 하락시켜 남들에게 폭력을 행사할 수 없도록 하라는 뜻이다.

'알겠어요. 또 있나요?'

'응, 징역 10년 이상인 자들도 포함시켜.'

'……!'

'죄짓고 온 수형자들이 범죄 피해자들보다 훨씬 더 잘 먹고, 잘 살고, 행복해하는 건 형평성에 어긋나. 안 그래?'

'에? 그걸 폐하가 어떻게 아시죠?'

'현직 교도관이 남긴 글을 봤어.'

현수가 본 것은 교정, 교화와 인권이라는 미명 때문에 교도소가 범죄자들의 요양원 내지 합숙소가 되어가고 있다는 실태를 폭로하는 글이었다.

내용을 살펴보면 현재의 교도소에선 복역 중인 수형자가 교도관을 폭행하고, 폭언을 퍼붓는 것이 예사이다.

형기를 마치고 나간 뒤 다시 보자는 협박도 일상사이다.

자해도 많이 하는데 병원 특실 사용료, 수술비, 진료비, 약값 등 일체를 내지 않겠다고 하여 결국 국민이 낸 혈세로 지불하고 있는 실정이다.

교도소에 가둬놔도 교정과 교화는 거의 되지 않는다. 그러니 이쯤해서 한번 정리해주는 것이 좋다.

국민들이 낸 혈세가 의미도 없고, 쓸데도 없는 일에 낭비되는 것을 막는 일이기도 하다.

'어떻게 하고 싶으신데요?'

'일단 사형수와 무기징역은 전부 저 세상으로 보내.'

'네?'

'어차피 감옥 안에서 나올 일 없이 밥만 축내고 있는 거잖아. 먹고, 자고, 입고, 씻는 등으로 많은 비용이 낭비되고 있고. 안 그래?'

'그, 그건 그렇지요.'

'기약 없이 갇혀 있으면 답답하지 않겠어? 그러니 이승에서 하루라도 빨리 해방시켜 주는 게 좋은 일이야.'

'알겠어요. 그냥 뇌사로 하면 되죠?'

'아무런 처벌도 없이?'

'그럼 어떻게 해요?'

'사형수와 무기수 중에 가는 길에 착한 일을 하겠다고 약속했으면 데스봇 레벨 6로 한 달.'

사후 장기기증을 약속했으면 기간을 줄여준다는 뜻이다.

'아닌 것들은 3개월 정도에 사망하게 해.'

'에? 겨우 3개월이요?'

'왜? 너무 짧은 거 같아?'

'솜방망이 처벌만 하던 법원에서도 지은 죄가 너무 악랄해

서 사형 내지 무기징역을 선고한 거잖아요.'

'그래, 그렇지.'

'그런데 겨우 세 달이면 조금 짧은 거 같아요.'

'오케이, 그럼 6개월로 늘려.'

'알겠어요. 그리고 또 있어요?''

'응! 죄질을 확인해서 성관련 범죄자들은 전부 물리적 거세를 가한 후 근력의 90%를 제거해.'

'물리적 거세요? 교도소 내에 있으니 관리자들에게 불이익이 갈지도 몰라요.'

교도관들의 감시가 소홀했다는 지적을 받을 수 있다는 뜻이다. 그럼 견책 내지 감봉 등의 처벌이 가해진다.

성 관련 범죄자들이 고자가 되는 건 전혀 교도관의 책임은 아니다. 이를 지적한 것이다.

'그럼 어떻게 해?'

'차라리 정소(精巢, 고환)의 고유기능인 정자 형성과 남성호르몬 테스토스테론의 분비를 끊는 건 어때요?'

'화학적 거세? 그럼 발기가 안 되나?'

'발기부전이 생겨날 가능성이 매우 높죠.'

'그래, 아예 발기 불능으로 만들고 근력을 10%로 줄여. 무슨 수를 써도 안 되도록.'

'알겠어요. 근데 근력은 왜요?'

'다시는 누군가에게 위압적인 행동을 하지 못하게.'

'아! 알겠어요. 그리고 또 있어요?'

'폭력 범죄자들은 손목과 발목 힘줄을 모두 제거하고.'

'폭력 중에는 정당방위 때문인 것도 있어요.'

경찰 단계의 정당방위는 다음 8가지로 제한된다.

1. 방어행위여야 한다.
2. 도발하지 않아야 한다.
3. 먼저 폭력을 행사하지 않아야 한다.
4. 가해자보다 더 심한 폭력을 행사하지 않아야 한다.
5. 흉기나 위험한 물건을 사용하지 않아야 한다.
6. 상대가 때리는 것을 그친 뒤에 폭력을 쓰면 안 된다.
7. 상대의 피해 정도가 본인보다 심하지 않아야 한다.
8. 전치 3주 이상인 상해를 입히지 않아야 한다.

이 대목에서 해주고 싶은 이야기가 있다.

이게 말이야 방구야?
개 같은 소리 지껄이려면 차라리 나가서 뒈져버려!

누군가 위협을 가하는데 이 모든 것을 지키고 있으라는 건 가만히 앉아서 목숨을 내주라는 것이나 마찬가지이다.

반드시 법령을 수정해야 할 악법 중 하나가 분명하다.

'정당방위는 최대한 넓게 해석해. 그런 사람들이 피해를 보는 건 안 되지.'

'알겠어요. 그럼, 사기는요?'

'아! 그건 당연히 데스봇 레벨 6이지. 나를 몰라?'

'사기죄로 처벌받은 것들만요?'

'아니! 사기의 범위도 아주 넓게 적용해. 탈세, 배임, 횡령 같은 것들까지 모두 포함시켜.'

'금전적 피해가 있었던 경우를 포함시킬게요. 정치범은요?'

'일단 죄질을 확인 후 내 기준에 따른 처벌을 가해.'

'양심범은요?'

폭력을 주장하거나 직접 사용하지 않고 사상이나 신념을 내세워 행동한 이유로 투옥되거나 구금된 사람을 뜻한다.

사상범, 정치범, 공안사범, 비전향장기수가 이에 속한다.

'정치범과 마찬가지로 처리해.'

'교통사고로 수용된 자들은 어떻게 하죠?'

'음주운전으로 사망사고를 낸 자들은 교도소뿐만 아니라 밖에 있는 것들까지 모조리 데스봇 레벨 6로 투여해.'

'엥? 전부요?'

'응! 전부! 하나도 빼지 말고 모조리!'

'그럼 기준을 정해주세요. 언제부터로 할까요?'

'1903년부터.'

생각해볼 가치조차 없다는 듯한 즉답이다.

'한반도에 최초로 들어온 자동차를 기준으로 하라고요?'

'응! 기록을 몽땅 다 뒤져서 반드시 그렇게 해.'

'하긴 법원에서 너무 솜방망이 처벌을 했어요.'

그동안 음주운전으로 사망사고를 낸 운전자들은 고작 징역 3년 남짓이었고, 그나마 집행유예로 풀려나곤 했다.

심지어 벌금형으로 그친 경우도 있다. 누군가의 목숨을 앗아간 대가치고는 너무 약하다.

이러니 졸지에 가족을 잃은 유족들이 느꼈을 분노와 원한은 아마도 하늘에 사무치고도 남았을 것이다.

'술 처먹고 운전해서 남을 죽음에 이르게 했으면 그건 흉기를 들고 살인을 저지른 것이나 마찬가지야.'

'전적으로 동의해요.'

'그럼에도 심신미약 혹은 반성한다는 등의 사유로 집행유예를 남발했던 것들이 잘못한 거지.'

솜방망이 처벌을 내렸던 판사를 뜻하는 말이다.

'네, 그래서 한 번이라도 그런 판결을 내렸던 것들은 모두 다 뒈졌어요.'

'뇌물과 관련된 것들도 있지?'

본인의 형량을 선고하는 판사와 연줄이 닿지 않은 사람들은 변호사 등을 통해 돈을 건넸을 것이다.

'있겠지요.'

'그냥 놔두면 안 되는 거 알지?'

'그런 변호사 놈들도 이미 싹 다 죽었어요.'

'그럼, 변호사 사무장이나 법원 공무원들도 찾아봐.'

'찾아서 있으면요?'

'공범은 정범이나 마찬가지야. 데스봇 레벨 6로 투여해.'

'알겠어요.'

'말 나온 김에 자동차 관련 인성 개차반들 처벌 좀 하자.'

'네?'

'사고를 내놓고도 적반하장하거나, 뻔뻔스럽기 이를 데 없는 놈들 말하는 거야. 당연히 해줘야 할 보상을 하지 않는 놈들 포함이야.'

'그런 놈들이야 엄청 많죠.'

'그놈들 전부 데스봇 레벨 5로 투여해.'

'언제부터요?'

'당연히 기준은 1903년이야. 그리고 보험사에 있는 쓰레기들도 처벌해.'

'어떤 쓰레기요?'

'누가 봐도 100 : 0인 사건을 80 : 20이나 70 : 30, 또는 50 : 50을 주장하는 쓰레기들 말이야. 아마 본인 사고였다면 그런 주장 하지 않았을 거야.'

'네! 그건 그렇죠.'

'그건 보험사기나 마찬가지야. 안 그래?'

또 사기라는 어휘가 언급되었다. 현수가 가장 혐오하는 범죄행위이다.

'네! 동의해요.'

'그것들은 싹 다 데스봇 레벨 6야!'

'아~! 근데 그럼 엄청 많은데요.'

'뭐야? 많다고 처벌 안 해?'

'아니, 그건 아니고요.'

'근데 왜?'

'이러다 대한민국의 씨가 마를까 싶어서요.'

'씨 절대로 안 말라. 그런 것들이 아무리 많아도 2,500만 명은 안 될 거 아냐.'

전 국민의 50%를 뜻하는 말이다. 이미 20% 가까이 죽은 걸 포함한 숫자이다.

'네에, 물론 그렇겠지요.'

'내가 그럴듯한 이야기 하나 할까?'

'네! 말씀하세요.'

'창세기를 보면 야훼가 진흙을 빚어서 모든 들짐승과 공중의 새를 만들었다는 내용이 나와.'

'네, 창세기 2장에 그런 내용이 있지요.'

'그렇게 만들다 보면 아무리 솜씨 좋더라도 실패작이 나오기 마련이야.'

'에? 신인데요? 왜죠?'

이미 여러 번 들었던 이야기이지만 도로시는 청자(聽者)의 도리를 아는 듯 반문한다.

'이전에 없던 걸 새롭게 빚는 거니까. 예를 들자면 날개 달린 토끼나 두더지 같은 걸 상상해봐.'

시행착오(試行錯誤)[14] 를 예로 든 것이다.

'으…, 조금 이상하네요.'

'그치? 독수리 발톱을 가진 생쥐, 머리는 말인데 몸통은 살찐 돼지 같은 건 누가 봐도 이상했을 거야.'

'아무래도 그렇겠죠.'

'그럼 그걸 빚었던 진흙을 어떻게 했을까?'

'뭉개서 다른 걸 만들지 않았을까요?'

'맞아. 짐승을 만들려다 실패해서 뭉개버렸던 그 진흙은 버려지지 않았고, 다른 인간을 빚는 데 쓰였어.'

'그래서요?'

'그렇게 해서 만들어진 인간에겐 인성뿐만 아니라 원래 만들려고 했던 짐승의 본성이 깃들었지.'

'오! 그럴 듯해요.'

'그래서 짐승 같은 짓을 하는 인간들이 있는 거야.'

'……!'

이 대목에서 도로시는 바로 설득 되었다. 충분한 개연성을 가진 이야기라 여긴 것이다.

14) 시행착오(試行錯誤) : 시험과 실패를 되풀이하다가 우연히 성공한 동작을 계속함으로써 이루려던 목표에 도달할 수 있게 된다는 원리

'근데 그런 걸 그냥 둬야 할까?'

'그럼 어떻게 해요?'

'잘 생각해봐. 이 세상엔 인간 같지 않은 것들이 너무 많다는 거 말이야. 안 그래?'

'아! 그래서 정상적인 사람이라면 결코 하지 않았을 일들이 너무도 버젓이 일어나고 있는 거군요.'

'내 생각도 그래! 근데 그런 것들을 어찌 해야 할까?'

'으음! 가급적 지우는 편이 낫겠네요.'

'그렇지? 내 생각도 그래! 그러니까…'

도로시가 말을 잘라먹는다.

'그래서 레스봇 레벨 5라고요?'

'응! 짐승 같은 짓을 했으니 그만한 고통을 겪어야 하고. 죽은 뒤엔 영혼이 발살되어야 옳지 않겠어?'

'그렇죠! 그 짐승이 죽었다가 다시 인간으로 환생하면 또 나쁜 짓을 할 테니까요. 설득력 있으셨어요.'

'그래, 그러니까 짐승 같은 것들은 내가 따로 명하지 않아도 알아서 처리해.'

'알겠어요. 폐하의 기준에 따라 아주 냉정히 할게요.'

'그래!'

현수는 고개를 끄덕였다.

현수는 오후 내내 각국 사절들을 맞이했다. 모두가 한결 같이 수교와 선린우호관계를 희망했다.

현수는 세계 최고의 수익률을 올리는 투자자이며, 세계에서 가장 돈이 많은 사람이다.

금융의 상징이었던 영국을 굴복시켰던 조지 소로스와 그의 결탁세력들이 동원했던 1조 달러보다 훨씬 많다.

그리고 그 액수는 점점 더 많아지고 있다.

현재에도 개인 재산만으로도 웬만한 나라 하나쯤은 충분히 빈사지경(瀕死之境)에 처하게 할 수 있다.

각국 정보기관이 이를 모를 리 없다.

잘못 보이거나 트러블이 생길 경우 엄청난 위기에 직면할 수도 있으니 가급적 친하게 지내야 할 존재이다.

그렇기에 각국 사절들은 매우 정중했다. 아직 즉위하지 않았음에도 일국의 왕으로 대우했던 것이다.

현수가 어찌 그들의 속내를 모르겠는가!

그럼에도 여러 나라와 수교를 맺을 생각은 없다.

사람은 귀찮게 앵앵거리는 모기나 파리와 놀아주지 않는다. 바퀴벌레 포함이다.

이실리프 왕국도 마찬가지이다.

몇 천 년이나 앞선 기술을 보유하고 있고, 어느 누구도 흉내조차 내지 못할 마법이 일상적으로 쓰일 국가이다.

게다가 4대 정령이 수호하여 가뭄, 홍수, 산사태, 폭풍, 지진, 화산폭발 같은 자연재해가 없는 국가이기도 하다.

아울러 모든 것을 완벽하게 자급자족하게 된다.

이런 상황에서 미개한 나라들과 가까이 하면 기껏해야 도와달라는 소리나 듣게 된다.

다시 말해 가까이 지내봐야 득될 일 전혀 없는 것이다. 그렇기에 적당히 응대하곤 돌려보냈다.

'에고, 오늘은 조금 힘들었다.'

세상에서 가장 힘든 일을 꼽으라고 하면 아마도 사람을 상대하는 일일 것이다.

천양각색인 인간 군상들은 저마다의 욕구를 가졌다. 그리고 당연히 각기 다른 성품이다.

그렇기에 사람들을 상대하는 영업직이나 상담직 같은 직군(職群)의 이직률이 매우 높은 것이다.

자기밖에 모르는 이기주의자 또는 성질 더러운 것들을 만나게 되면 엄청난 스트레스를 받기 때문이다.

그래서 돈 때문에 얼마간은 억지로 버티지만 아슬아슬했던 임계점(臨界點)을 넘기는 순간 바로 사직서를 내던진다.

그리곤 더럽고 치사해서 다시는 다른 인간을 상대하는 직업을 갖지 않겠다는 생각을 하기도 한다.

때로는 분하고 억울한 감정을 견디다 못해 스스로 목숨을 끊기도 한다.

이렇듯 다른 사람으로 하여금 넌덜머리를 내게 하는 것들은 제대로 인성을 갖추지 못했다.

올바른 인성보다 흉성, 욕심, 이기심이 훨씬 더 큰 것들은 늘 타인을 힘들게 한다.

다행히도 대한민국은 에이프릴 증후군이 한바탕 휩쓸면서 이런 성품을 가진 것들 대부분이 정리되었다.

돈 조금 있다고, 혹은 권력이 있다고 타인을 멸시하던 것들은 거의 100% 뒈졌다. 그 가족 중에 비슷한 짓을 하던 것들이 있었다면 그 또한 전부 정리되었다.

그래서 현재는 갑질을 구경하는 것조차 어렵게 되었다.

제 성질을 못 이겨 실수로라도 그런 짓을 하면 이내 에이프릴 증후군에 걸려 개고생하다 뒈진다는 걸 체득한 것이다.

그래서 뭔가 마음에 들지 않는 일이 있어도 일단은 참는 걸 선택하기 시작하였다. 하긴, 입 한 번 잘못 놀리면 죽도록 아프다 뒈진다는데 누가 그러겠는가!

그럼에도 인성 나쁜 것들이 100% 박멸된 것은 아니다.

여전히 많이 남아 있다. 다만 사람들 없는 곳에서 제 성질을 못 이겨 짜증내거나 신경질부리고 있을 뿐이다.

아마 스트레스가 어마어마할 것이고, 이를 해소하지 못해 분통이 터지려 할 것이다. 그로 인해 각종 질병에 걸리게 되는 경우도 있다. 그중에는 암(癌)이 많다.

그러거나 말거나 전적으로 자업자득이다.

덕분에 세상이 조금 더 조용하고, 평화롭게 변화하고 있다. 상식이 통하기 시작했고, 정의가 살아나고 있으며, 공평과 공정이 사회 중심 이념으로 자리 잡는 중이다.

단군의 건국이념이었던 홍익인간과 재세이화(在世理化)가 이루어진 이화세계의 모습을 갖춰나가기 시작한 것이다.

짐승의 본성을 가졌던 자들이 제거되자 습기 어렸던 거울이 맑아지는 것 같은 일이 빚어지게 된 것이다.

대를 위한 소의 희생 중 아주 좋은 본보기일 것이다.

그럼에도 혹자는 너무 과한 피 뽑기가 아니었냐는 볼멘소리를 할 것이다.

인구의 20%가량을 제거했으니 당연히 터져 나올 말이다.

그런데 이는 하나만 알고 둘 이상은 모르는 무지몽매(無知蒙昧)함을 드러내는 것이다.

Chapter 12

여우 사냥

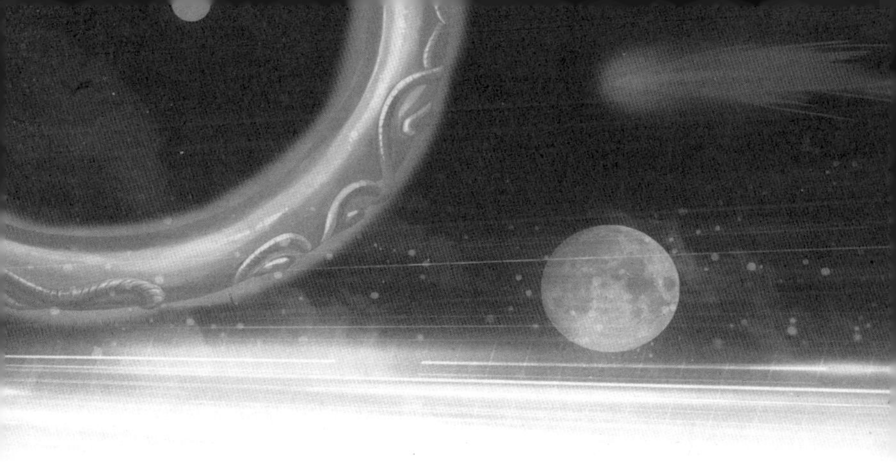

예를 들이, 어느 산 속에 상당히 많은 사슴 무리가 살고 있는데 그중에는 사슴의 탈을 쓴 늑대와 하이에나가 있다.

그냥 놔두면 사슴이 절대 다수이긴 하지만 소수의 늑대와 하이에나에게 계속해서 핍박받고, 잡아먹히게 된다.

목숨이 붙어 있어도 언제 공격당할지 알 수 없기에 늘 불안한 삶을 살아야 한다.

그러는 동안 늑대와 하이에나는 권력과 부를 장악하고는 온갖 갑질을 부리며 수탈을 한다.

그러다 배가 고프면 아무나 잡아먹기도 한다.

아무 죄도 없는 사슴은 변변한 저항조차 못 해보고 억울하게 당하기만 한다.

멍청해서가 아니다. 너무나 착해서 대드는 것조차 생각지 못하기 때문이다. 선량한 우리 국민들을 닮았다.

아무튼 다수의 선량한 사슴들은 살아 있기는 하지만 제대로 된 세상을 누리지 못하는 삶을 산다.

진정한 자유와 공평, 공정, 정의를 누리지 못하는 것이다.

이쯤에서 너무 과했다는 생각을 하는 이들에게 묻는다.

사슴의 삶과 목숨은 전혀 중하지 않고, 늑대와 하이에나의 욕심은 소중한 것인가?

이런 질문에 대한 대답은 '그건 그렇지 않다.' 이다. 표리부동(表裏不同)하니 이런 대답을 하는 것이다.

에이프릴 증후군으로 인해 제거당한 것들은 드러내놓고 욕심 부리고, 부정을 저지르던 늑대 또는 하이에나이다.

남에게 베풀 줄 모르고, 인정머리라곤 손톱 끝의 때만큼도 없던 짐승이나 벌레, 혹은 아귀 같은 존재였다.

하여 모두 제거했고, 영혼까지 말살시켰다. 다시 세상에 태어나 어떠한 악행도 저지르지 못하게 하려는 의도이다.

이러니 인구의 20%가 줄었어도 크게 근심할 필요가 없다.

오히려 더 살 만한 세상을 만들기 위한 일종의 진통쯤으로 여기면 된다. 작물들 틈에서 양분을 빨아먹던 기생충 같은 것들을 뽑아낸 것 정도로 여기면 된다.

살기 좋은 세상이 되면 자연스레 출산율이 오르게 된다.

현재는 가임여성 한 명 당 약 0.75명인데 주거와 직장이 안정되면 금방 2명 이상으로 늘어나게 된다.

이러면 줄어들었던 인구가 빨리 채워지게 된다.

참고로, 베이비붐 세대의 중심인 1958년의 출산율은 6명이 넘었다. 전쟁이 끝나고 사회가 제대로 된 모습을 갖춰나가기 시작한 태동기임에도 아이를 낳기 시작한 것이다.

1958년의 1인당 국민소득은 80달러였는데 2016년은 2만 7,533달러이다. 344배나 급증했다.

2017년인 올해는 더 많아질 것이니 1958년보다 훨씬 살기 좋은 세월이 될 것이다.

그러니 인구의 20% 정도는 금방 채워진다.

한편, 한반도 서쪽의 장강 이북은 무지막지한 대홍수 덕분에 완전한 무인지경(無人之境)이 되었다.

사람뿐 아니라 새나 들짐승, 그리고 쥐나 바퀴벌레조차 보기 힘들다. 먹이가 없고, 디디고 있을 땅이 사라진 결과이다.

그렇다 하여 물고기가 많은 것도 아니다. 흙탕물의 농도가 너무 진해 미꾸라지도 서식하기 힘든 것이다.

산이 뭉개지면서 계곡과 강바닥이 메워져 온통 평지가 되면서 인간의 흔적은 완전히 말살되었다.

수렁 속에 잠겨버린 것들 대부분 맨틀로 끌려들어 가는 중이다. 그 안에 들어가면 다 녹아서 사라지게 될 것이다.

도로시의 당부에 따라 끌려가지 않는 것들이 있다. 금과 은 같은 귀금속과 달러나 유로화 같은 외화들이다.

엄청나게 넓은 면적이지만 세상의 모든 땅의 정령들이 총집합하여 쉬지 않고 작업하고 있으니 조만간 끝날 것이다.

일부에선 지각의 융기(隆起)현상이 빚어지고 있다.

대홍수로 인해 장강의 물줄기는 상당히 많이 변했다. 협곡이 무너진 곳부터 지형 자체가 변화한 때문이다.

강의 북쪽은 거의 대부분 약 200m 가량 솟아올랐다. 비스듬한 경사가 아니라 거의 깎아지른 듯한 절벽이다.

각도로 표현하자면 대부분 87° 정도이고 90° 인 곳과 93° 쯤 되는 곳이 혼재되어 있다.

하여 이를 오르려면 등산화, 하네스, 로프, 빌레이 장치, 헬멧, 카라비너, 퀵드로, 초크백 같은 전문 클라이밍 장비를 반드시 갖춰야 한다.

그렇지 않으면 등반 도중 낙상하여 사망할 수도 있다. 떨어지면 바로 거센 물줄기에 휩쓸려가기 때문이다.

현재는 200m에 불과하지만 이 절벽은 점점 더 높아진다. 정령들은 적어도 500m는 넘겨야 한다고 생각하고 있다.

세상에서 가장 존귀한 존재가 말씀하시길 '장강 남쪽으로부터의 접근을 원천적으로 차단하라.' 고 하셨던 때문이다.

이밖에 대륙 곳곳에서 융기와 침강 현상이 일어나고 있다.

어떤 곳은 금강산에 버금갈 천하절경이 만들어지게 될 것이고, 또 다른 어떤 곳은 드넓은 평지가 조성된다.

조밀한 산지와 완만한 구릉지대도 당연히 있다.

평지는 농사짓기 좋은 땅이고, 구릉지는 울창한 밀림이 들어서 완벽한 생태계를 갖추게 된다.

아마존에 버금갈 산소 탱크를 조성하려는 것이다.

매장되어 있던 각종 지하자원들은 지정된 곳으로 이동되는 중이다. 도로시가 구상한 위치로 옮기고 있는 것이다.

종류별로 정제되어 뭉쳐 있게 되고, 그리 깊지 않은 곳에 위치한다. 필요시 쉽게 채취하도록 하기 위함이다.

장강의 발원지인 청해성에서도 지각운동이 격렬하게 빚어지고 있다. 이로 인해 장강의 물줄기가 크게 바뀌었다.

현재는 장강 이북과 장강 이남으로 흘러드는 물의 양의 비율이 대략 1 : 9지만 마스터플랜에 따른 지각운동이 멈추면 완전히 역전된다.

이실리프 왕국 쪽으로 9가 흐르고, 장강으론 겨우 1만 흐르게 된다.

북쪽으로 흐르는 물은 아홉 가닥으로 나뉘어 흐르는데 이것들 또한 가닥가닥 흩어진다. 물을 필요로 하는 모든 곳에 필요충분한 양을 공급하기 위함이다.

온통 누런 흙탕물이던 황하 역시 물줄기가 바뀌면서 차츰 맑아진다. 그중 몇몇 줄기는 내몽고자치구로 흘러들어 거미줄 같은 하천을 형성시킨다.

사막을 옥토로 바꾸기 위한 대장정이 시작된 것이다.

바싹 말라버린 사막으로 물이 들어가면 이내 사라진다. 온통 모래밭이니 당연한 일이다.

이렇게 물이 스며들자 땅의 정령들은 모래를 진흙으로 바꾸고 있다.

물이 너무 깊숙이 스며들면 암염(巖鹽)과 만나 짠물이 된다. 그럼 물의 정령이 또 수고를 해야 한다.

하여 그런 일이 일어나지 않도록 일종의 불투수층을 생성시키고 있는 것이다. 제법 깊은 땅속에서 일어나는 일이다.

매년 봄이면 누런 황사가 한반도의 하늘을 뒤덮곤 했는데 앞으론 그런 일이 일어나지 않게 된다.

내몽고자치구는 눈을 뜨면 온통 초원이고, 뒤돌아서면 오직 사막만 보인다는 곳이다.

그런 그곳이 그리 멀지 않은 미래가 되면 숲이 울창한 밀림으로 바뀌게 될 것이다. 졸졸 흐르는 시냇물은 덤이다.

상전벽해(桑田碧海)란 바로 이런 것이다.

그런데 전부가 밀림이 되는 것은 아니다.

일부는 밀과 같은 농작물 재배지로 사용되는데 매년 풍작을 이루게 된다. 4대 정령의 노력과 가이아의 신성력이 부어지게 될 것이니 당연한 일이다.

이밖에 적지 않은 수의 가축들도 사육되고, 볕 좋은 구릉지엔 사과나 배와 같은 각종 유실수들이 생장한다.

새로운 에덴동산이 조성되는 것이다.

그럼에도 세상에선 알지 못한다. 아무리 성능 좋은 위성이라 할지라도 사진이나 영상을 찍을 수 없기 때문이다.

현재는 지나의 영토였던 곳에 발을 들여놓으면 그 즉시 수렁 속으로 빠져든다.

공명심에 눈이 먼 몇몇 기자들이 목숨을 걸고 시도했었는데 모두 카메라 앞에서 사망했다. 동료들이 밧줄을 던져 구해보려는 노력을 했지만 소용없었던 것이다.

결국 헬리콥터나 드론을 이용한 촬영을 했는데 인적이 완전히 끊긴 흙탕물 수렁만 확인했을 뿐이었다.

하여 선 세계 모두 이 땅에 대한 관심을 끊었다.

적지 않은 지하지원이 있을 것이라 예상은 되지만 지나인들이 오염시켜 놓았을 것이란 의견이 대두된 결과이다.

한편, 장강 이남에선 한편의 지옥도가 펼쳐지고 있다. 그야말로 아비규환(阿鼻叫喚)이 벌어지고 있는 것이다.

세상의 모든 전염병이 창궐해 있는 가운데 매일, 매 순간마다 잔인하고 처참한 살육이 벌어지고 있다.

서로가 서로를 잡아먹고, 먹히는 상황인 것이다. 폭행, 약탈, 강간, 살해, 인육섭취가 일상사이다.

힘없고, 굶주린 자들은 깊숙한 곳에 숨어 있다가 가장 약하거나 병들어 죽은 자의 시신으로 연명하고 있다.

열매를 제공해주던 나무들은 모조리 베어져 땔감이 되었고, 농사를 지을 수 없는 상황이기 때문이다.

처음엔 굽고, 찌는 등의 조리행위를 했지만 요즘엔 거의 회를 치다시피 한다. 잠시라도 머뭇거리면 누군가 잽싸게 채어가기 때문이다.

가히 인세의 지옥이라 해도 과언이 아니다. 하여 국경을 접하고 있는 국가들은 긴장을 늦추지 않고 있다.

하나라도 월경(越境)하면 페스트, 이질, 장티푸스, 콜레라, 탄저병, 에볼라, 사스, 천연두, 홍역, 백일해, 성홍열 등에서 어떤 것이 급속히 번져나갈지 알 수 없는 때문이다.

이밖에 정체가 알려지지 않은 여러 전염병도 창궐하고 있다. 그중엔 변종 코로나 바이러스 포함이다.

원래대로라면 전 세계로 번져나가 수많은 사망자를 양산하게 될 것이었는데 이번엔 지나인들만 사냥하고 있다.

지나 정부가 군사용으로 만들었던 것이니 자업자득이다.

한편, 베트남, 미얀마, 라오스 등 직접 국경을 마주하고 있는 국가들뿐만 아니라 2선에 위치한 태국, 캄보디아, 방글라데시 등도 긴장하고 있다.

접경 국가들이 뚫리면 바로 다음 차례가 되기 때문이다.

싱가포르를 제외한 모든 동남아 국가들은 선진국이 아니

다. 국력은 물론이고, 국방력과 경제력 또한 약하다.

아울러 전염병을 관제(管制)할 의료 역시 뒤쳐져 있다.

이런 나라에 여러 전염병이 동시에 창궐하기 시작하면 손쓸 틈 없이 전 세계로 번져나갈 수도 있다.

그러면 아무도 예상치 못했던 대참사가 빚어지게 된다.

그래서 팬데믹(pandemic)으로 인한 인류멸종을 우려하는 목소리가 나날이 번져가고 있다.

그래서 베트남과 미얀마, 라오스 등 국경을 맞대고 있는 국가로 소총과 총알, 그리고 야시경, 전투식량 등이 쇄도하고 있다. 힘내서 국경을 완벽하게 사수하라는 뜻이다.

전쟁 상황은 아니다. 초기엔 총을 가진 자들이 섞여서 접근하기도 했지만 현재는 전무하다.

그러니 접근하는 자를 원거리에서 제거하는 일만 하고 있다. 일부에선 지하에 동굴을 뚫으려는 시도를 하고 있지만 매번 발각된다.

도로시가 상세 정보를 알려주기 때문이다.

어느 위치에, 어느 정도의 폭약을, 어떤 방법으로 설치하고, 언제 폭파하면 되는지를 소상히 알려주고 있는 것이다.

하여 상당히 많은 토굴이 무너졌다. 물론 그 속에서 작업하는 자들 대부분 매몰되었다.

참고로, 지나인이 사망하면 그 즉시 영혼이 말살된다. 현수의 지시에 따른 처벌이니 당연한 결과이다.

한편, 대홍수로부터 안전했던 신장위구르자치구와 티베트자치구, 그리고 내몽고자치구에도 각종 무기와 식량 등이 지원되고 있다.

그간 당했던 온갖 핍박을 벗어나 독립할 수 있는 절호의 기회를 놓치지 말라는 뜻과 더불어 한족(漢族) 말살에 앞장서 달라는 의미의 배려이다.

그렇지 않아도 철천지원수이며, 불공대천의 원수이다. 이를 어찌 거절하겠는가!

하여 세 자치구에선 한족 소탕작전이 한창이다. 잡아서 가두는 일은 없다. 보이는 족족 사살(射殺)하거나 몽둥이로 때려 죽인다. 처절한 설욕전이 벌어지고 있는 중이다.

영국은 1660년 찰스 2세 때부터 여우사냥을 하고 있다.

촌락 인근에 서식하는 여우들 때문에 양계장 등의 피해가 많았기 때문이다. 하여 가을 겨울에 걸쳐 대대적인 여우 퇴치를 해왔는데 이게 여우사냥 스포츠의 시작이다.

말을 탄 사냥꾼은 수십 마리의 폭스 하운드를 풀어 여우를 게 하여 구멍에 숨은 여우를 잡아낸다.

티베트자치구와 신장위구르자치구, 그리고 내몽고자치구에서도 여우사냥 하듯 한족 사냥을 한다.

세 자치구의 공통점은 지구상에서 모든 한족을 반드시 말살시키고야 말겠다는 필살의 의지가 엿보인다는 것이다.

그 동안 당한 게 여간 많은 게 아니기 때문일 것이다.

이런 와중에 세 자치구로 구호품이 전해졌다. 스위트클로버로 만든 차와 껌 등이다.

결혼 등으로 한족 유전자를 가진 자들이 제법 많은데 이들의 대를 완전히 끊어버리기 위함이다.

베트남, 라오스 등 지나 접경국 뿐만 아니라 말레이시아와 인도네시아 등 화교들이 많은 국가에도 스위티 클로버 제품군이 공급되고 있다.

콩고민주공화국 조차지에서 급하게 생산된 것이다.

슬라브 3국에 위치한 조차지의 개발이 본격적으로 시작되면 미국, 캐나다 등 북미는 물론이고, 남미와 유럽, 그리고 아프리카 등지에도 공급될 것이다.

참고로, 스위티 클로버는 탁월한 해독작용과 피로회복 효과가 있다. 아울러 위암 발생을 강력히 억제한다.

위암의 원인균으로 알려진 헬리코박터 파일로리균뿐만 아니라 구강 내 세균을 박멸하는 효능을 가진 것이다.

이밖에 충치 발생을 억제하고, 편도결석이 발생되어도 특유의 악취를 풍기지 않게 한다. 그래서 딱 한 모금만 머금고 있어도 구취가 사라짐을 즉각 확인할 수 있다.

게다가 달달한 맛을 내기는 하는데 칼로리가 거의 없다.

많이 섭취해도 인체에 무해하다는 소문이 번지자 서로 구입하려고 한다.

그런데 욕심 사납기로 이름난 지나인들이 어찌 뒷전에서 구경만 하고 있겠는가!

시장에 물건이 풀렸다는 소식이 전해지면 그 즉시 벌떼처럼 달려들어 서로 갖겠다고 싸우곤 한다.

이를 본 다른 국가 사람들은 혀를 내두른다.

죽기 살기로 달려드는 지나인들의 전투적인 모습이 너무 지나치다는 느낌이 드는 때문이다.

유투브에서는 지나인들이 저지른 각종 만행을 생생한 영상으로 볼 수 있다.

베트남의 한 리조트에선 일정시간이 되면 로컬 과일이나 저렴하더라도 맛좋은 과일을 서비스로 제공했다.

그런데 매번 지나인 관광객이 달려들어 싹쓸이를 했다. 꺼내놓고 채 30초가 지나기 전에 모두 사라지곤 했던 것이다.

태국의 어느 호텔 뷔페 레스토랑에서는 고객을 위해 무한 리필 새우 서비스를 내놓았다.

참고로, 태국 새우는 맛도 좋고, 씨알이 굵어 제법 비싸게 거래된다. 하여 여행을 가면 꼭 맛보고 오라고 한다.

어쨌거나 새우가 나오면 접시로 퍼 가는데, 3개 이상 겹쳐서 가져가곤 한다. 한바탕 난장판이 벌어지는 걸 보면 마치 먹이를 먹으려 몰려든 굶주린 잉어 떼 같다.

일본 오사카의 세인트 레지스 호텔에선 무제한 샴페인 서비스를 제공했다. 그렇다 하여 싸구려는 아니다.

뵈부 클리코(Veuve Clicquot Brut)는 한 병 750*ml*로 소매가 7

만 원 이상인 고급 샴페인이다.

호텔에서는 적어도 20만 원은 받는다.

이를 무한리필로 공급했더니 어느 지나인 관광객이 1박 동안 17병이나 따라갔다. 모두 마시지는 않았을 것이니 어딘가에 담아갔을 것이다.

이 세 서비스의 공통점은 모두 종료되었다는 것이다. 지나인들의 끝없는 욕심을 도저히 감당할 수 없었기 때문이다.

향후 이 서비스를 이용할 수 없게 된 다른 관광객들에게 엄청난 민폐를 끼친 것이다.

사람들은 이런 것을 알기에 지나인들이 벌떼처럼 달려들면 나직이 혀를 차며 뒤로 물러난다.

하긴, 탐욕에 쩔어서 본능밖에 남지 않은 짐승들과 어찌 경쟁하겠는가!

잠시 아귀다툼의 현장을 지켜보던 사람들은 고개를 설레설레 흔들며 돌아간다.

사실, 스위티 클로버가 여러 효능을 가졌다고는 하지만 당장 먹지 않으면 안 될 물건은 아니다.

생산 물량에 제한이 있다면 모를까 지속적으로 공급될 것이라는 발표가 있었기에 잠시 후퇴한 것이다.

덕분에 지나인들의 인성을 아주 가까운 곳에서 확인할 수 있다. 하여 사업을 하는 사람들은 거래선에서 지나인들을 빼기 시작한다. 지나인이라면 넌덜머리가 난 것이다.

아울러 국제적인 송환 작전이 시작된다.

우선은 불법체류자 추방이다. 법적으로 아무런 하자가 없으며 그 어느 누구의 지탄도 없는 일이다.

하여 잡히는 족족 지나로 향하는 선박에 태워서 보낸다. 유조선, 상선, 군함 가릴 것 없이 일단 보내는 것이다.

그러다 어딘가에 기항(寄港)[15] 하게 되면 그 나라에서 추방하는 지나인들을 태운다. 당연히 적당한 운임을 받는다.

이 배는 지나 남단 해남도 인근 해상에서 지나인들을 내려놓는다. 세상에선 하이난이라 부르는 곳이다.

부근 해역에 당도하면 옥션에서 3만 원쯤 받고 파는 지나산 3인용 고무보트가 지급된다.

패들(paddle) 2개가 있는데 욕심 부려 강하게 저으면 바로 부러질 정도로 약하다. 얇은 알루미늄 파이프에 허접한 플라스틱 물갈퀴가 대충 끼워져 있기 때문이다.

고무보트의 품질도 그리 좋은 것은 아니다. 재수 없으면 바람을 불어놓고 얼마 지나지 않아 저절로 빠져버린다.

하긴 '마데 인 지나' 이고, 겨우 3만 원 남짓이다. 그 품질이 오죽하겠는가!

그러니 조심스레 노를 젓지 않으면 바다에 빠져죽을 확률이 매우 높다. 노가 부러지면 점점 더 먼 해역으로 밀려나갈 것이기 때문이다.

---

15) 기항(寄港) : 배가 항해 중에 목적지가 아닌 항구에 잠시 들름

그리고 한번 쓴 고무보트는 재사용이 거의 불가능하다.

쉽게 바람이 빠지고, 물결이 거의 없는 저수지나 낚시터용이기 때문이다.

한편, 해남도는 육지에서 제법 떨어진 섬이라 아직은 아비규환의 참상이 빚어지지 않고 있다.

전염병은 아직 통제 가능 수준에 놓여 있다.

식량과 연료, 그리고 의약품도 있지만 이상하게도 모든 발전소와 발전기가 가동되지 않는다.

수리를 하고 돌아서면 바로 또 고장이 났기에 현재는 손을 놓은 상태이다.

하여 밤이 되면 양초로 어둠을 밝히고 있지만 그마저 모두 소진되면 칠흑 같다는 것이 뭔지를 깨닫게 될 것이다.

조만간 온갖 전염병이 창궐하여 섬 전체가 죽음으로 물들게 될 것이라곤 아직은 예상치 못할 정도로 평화롭다.

세계 각국에선 불법체류자뿐만 아니라 지나인 범죄자들 또한 보내고 있다. 자국 감옥에 가둬놓고 먹이고, 입히는 대신 추방을 선택한 것이다.

이들 이외에도 껄렁껄렁한 양아치 또는 건달들 또한 잡히는 대로 바로바로 추방된다. 범칙금이나 세금을 제대로 납부하지 않아도 대상이 된다.

뭐든 꼬투리가 잡히면 바로 아웃이다.

길거리에서 침을 뱉거나 용변을 보다 잡혀가는 경우도 있고, 담배꽁초 등 쓰레기를 투기하던 놈들도 마찬가지이다.

이들마저 다 보내지고 나면 합법적인 이민으로 들어왔더라도 인성이 별로라고 판단되면 바로 보내지게 될 것이다.

누군가 항변하겠지만 지나인들의 인권 따위는 개나 줘버리라는 소리가 높아지게 된다.

최근 세계 각국의 TV 프로그램엔 지나인의 품성에 대한 보도가 상당히 많다. 거의 매일 한 꼭지씩 방송된다.

하여 이기적이고, 더러우며, 시끄럽고, 욕심 사나우며, 재물에 대한 집착이 강하고, 비위생적이며, 법률을 위반하고도 뻔뻔하기 이를 데 없는 모습을 매일 보게 되는 것이다.

이런 자들을 누가 좋아하겠는가!

하여 지나인 추방에 대한 반론은 거의 없을 예정이다.

그저 하루라도 빨리 시끄럽게 　라　라 하는 더러운 놈들이 치워지기를 바랄 뿐이다.

전 세계적인 지나인 추방 시기가 도래한 것이다.

본인들이야 억울하다 하겠지만 그간 해온 짓거리가 있으니 얌전히 아가리 닥쳐야 할 것이다.

이런 모습을 보면 '그러게 있을 때 잘하지.' 라는 말이 저절로 나오게 된다.

"부사장님!"

"왜?"

"예정에 없던 손님이 오셨는데 어떻게 하죠?"

"누군데?"

"국민연금관리공단 이사장님과 기금운용본부장님이 같이 오셨어요."

"응? 국민연금이라고?"

현수는 고개를 갸웃거렸다. 전혀 예상치 못했던 인물이기 때문이다.

"네! 다음에 다시 오시라고 할까요?"

약속 없이 왔던 미국 대사가 되돌아갔었다는 것은 이제 공공연한 비밀이 되었다.

현수는 흘깃 시계를 보았다.

오후 5시 45분이면 아직 퇴근할 시각은 아니다. 직장인으로서 근무시간 정도는 지켜줘야 한다.

"기왕에 왔으니 들어오시라고 해."

"네!"

조인경은 조신한 모습으로 물러났다.

'근데 국민연금에서 왜 왔지?'

전혀 생각지 못했던 방문이기에 현수는 또 한 번 고개를 갸웃거렸다. 이때 집무실 문이 열리고 사내 둘이 들어선다.

앞선 이는 살짝 이마가 벗겨진 50대 후반이고, 한 걸음 뒤쪽은 40대 후반 또는 50대 초반으로 보인다.

둘은 합이라도 맞춘 듯 아주 정중히 허리를 꺾는다.

"안녕하십니까? 국민연금관리공단 이사장인 김지겸입니다. 하인스 킴 국왕 전하를 뵙게 되어 영광입니다."

"저는 기금운용본부장인 이경식입니다. 전하께서 이렇듯 알현을 허락해주셔서 정말 감사합니다."

둘 다 현수가 누군지 알고 왔기에 통성명은 하지 않았다.

"네, 반갑네요. 이쪽으로 앉으시죠."

"네! 감사합니다."

둘은 아주 공손히 소파에 앉더니 이내 명함을 꺼내든다.

많은 사람을 만나면 그 사람이 누구인지 헷갈리기 마련이다. 이럴 때 본인을 인식시키는 것이 명함이다.

현수는 명함을 받기만 할 뿐 본인의 것은 건네지 않았다.

천지건설 부사장 명함이 있기는 하지만 이들은 이실리프 왕국의 국왕을 만나러 온 사람들이기 때문이다.

둘도 아직 즉위하지 않았음을 알고, 국왕 명함이란 건 이 세상에 없음을 알기에 개의치 않았다.

잠시 후, 조인경이 두 잔의 주스를 내왔다.

마인트 대륙 북쪽에 자리 잡은 세계수로부터 불과 20㎞ 남짓한 곳에서 수확한 열대 과일 란더셀 주스이다.

마나를 풍부하게 함유하고 있어 마시면 속이 시원해지고 면역력이 향상되는 효능이 있다. 아울러 소화기관을 거치는 동안 발생된 이상을 바로잡는 효능이 있다.

식도염, 위염, 위궤양, 십이지장염은 물론이고 과민성대장증

상까지 치료된다.

연속 3잔을 마시거나 3배로 농축한 걸 마시면 위, 소장, 대장 등의 암세포 또는 용종을 삭혀서 사라지게 한다.

이밖에 난치병 중 하나인 크론병까지 치료된다.

한마디로 소화기관을 거치는 동안 온갖 이상을 바로잡는 아주 유익한 음료이다.

양약고구이어병(良藥苦口利於病)이라는 말이 있다. '효과 좋은 약은 입에는 쓰지만 병에는 이롭다.' 는 뜻이다.

이와 동시에 쓰이는 말로 충언역이이어행(忠言逆耳利於行)이라는 것이 있다. '충고하는 말은 귀에 거슬리나 행동하는 데는 이롭다.' 는 뜻이다.

아무튼 란더셀 주스는 분명 소화기 계통에 아주 좋은 효과를 낸다.

좋은 약인 것이다. 하지만 맛은 전혀 쓰지 않다.

오히려 달착지근해서 먹기에 좋다. 잘 익은 망고와 파인애플의 과즙이 섞인 듯 살짝 새콤하면서도 달달하다.

이사장은 왜 두 잔만 가져오느냐는 듯 조인경을 바라본다.

Chapter 13

돈 좀 굴려주세요

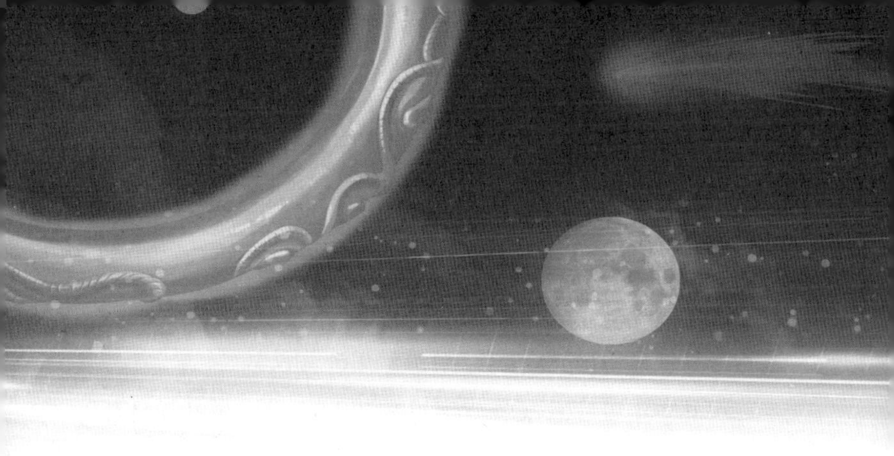

"나는 오늘 많은 손님을 만나서 여러 잔 마셨습니다."

"아! 네에."

"몸에 좋은 것이니 남기지 말고 다 드세요."

"네. 감사합니다."

말을 마친 이사장과 본부장은 잔을 들어 한 모금 들이켜다 화들짝 놀라는 표정을 짓는다.

전혀 예상치 못했던 맛이라 그렇고, 그 맛이 너무 좋아서 그러하다.

고위직인지라 몸에 좋다는 건 많이 마셔봤다. 그런데 이런 맛은 처음이다.

하여 눈이 커진다. 그러는 새에 잔은 비었다.

현수는 굳이 설명하지 않았다.

"그나저나 무슨 일로 오신 거죠?"

말 떨어지자마자 둘은 잔을 내려놓고 자세를 바로 한다.

"아! 네에. 저희가 전하께 알현을 청한 것은…."

이사장이 말하는 동안 본부장은 가방 속에서 파일 하나를 꺼낸다.

"이걸 한번 봐주시겠습니까?"

현수는 대답대신 파일을 받아들었다.

2016년 연말 기준 국민연금 운용 포트폴리오였다.

"흐음!"

	금액(원)	연초대비 증감
국내주식	93.5조	-35%
해외주식	80.3조	-45%
국내채권	183.3조	-44%
해외채권	27.5조	-33%
대체투자	65.1조	-29%
단기자금	1.4조	-42%
복지부문	0.2조	
기타부문	0.6조	
합 계	451.9조	

국민연금은 국민의 노후생활 안정을 위한 것이다. 따라서

관리공단은 수납한 보험료를 잘 운용하여야 한다.

나이 들거나, 사고나 질병으로 사망 또는 장애를 입어 소득 활동이 중단된 경우 연금을 지급해야 하기 때문이다.

연금을 제때 잘 지급하려면 기금 수익률이 일정 수준 이상이어야 한다.

개인이 주식이나 채권 투자를 하여 돈을 버는 것처럼 운용을 잘하여 돈을 불려야 하는 것이다.

그런데 현실은 전혀 그러지 못하고 있다.

연도	수익률
2014	5.25%
2015	4.57%
2016	4.75%

물가상승률과 비교해보면 많은 것 같다. 그런데 대한민국의 국민연금은 심각한 문제점을 안고 있다.

연금을 받는 사람은 점점 늘어나는데 비해 납부하는 사람은 반대로 줄어들고 있는 것이다.

유입되는 재원은 적어지는데 줄 돈만 점점 더 많아진다는 뜻이다.

따라서 수익률이 낮으면 세간의 우려대로 연금재정이 파탄을 맞을 수 있다.

예전엔 2055년이 되면 기금이 고갈되고, 1990년생부터는 한 푼도 못 받게 된다는 전망이 있었다.

하여 보험요율을 인상하고, 지급 시기를 늦추며, 지급액을 줄여야 한다는 주장이 있었다.

한 마디로 더 많이, 더 오래 내고, 덜 받으라는 것이다. 이에 젊은 층의 반발이 이어졌다.

어차피 90년생부턴 연금 고갈인데 올려봐야 헛수고

진짜 열 받는다.

받지도 못할 2030에게 국민연금 강제시키지 마라.

국민연금은 국민을 대상으로 하는 폰지 사기이다.

지금이라도 내지마라고 해라. 제발!

국가가 돈 뺏어가네.

썩을 놈들 다 뒈져라.

그런데 2055년이 아니라 2030년이면 끝장난다는 예측이 나왔다. 무려 25년이나 앞당겨진 것이다.

1990년생이 아니라 몇십 년 동안 연금보험료를 납부한 1965년생도 어쩌면 연금을 하나도 못 받을 수 있다.

이는 작년에 너무 많은 돈을 잃었기 때문이다.

현재는 주식과 채권 등을 모두 매각하였기에 현금만 있을 뿐이라 가치 상승을 기대할 수도 없다. 오히려 환율 때문에 가치가 줄어든 상태이다.

돈이 없어서 연금을 지급하지 못하는 상황이 되면 아마 난리가 벌어질 것이다.

에이프릴 증후군이 없었다면 국민연금의 운용현황은 아래와 같았을 것이다.

	금액(원)	비중
국내주식	143.9조	18.3%
해외주식	178.4	22.7%
국내채권	327.3조	41.7%
해외채권	41.0조	5.2%
대체투자	91.7조	11.7%
단기자금	2.4조	0.3%
복지부문	0.2조	0.0%
기타부문	0.6조	0.1%
합 계	785.5조	100%

총액을 기준으로 하면 785.5조 원이었을 기금이 451.9조원으로 줄어들었다. 무려 42.4%나 줄어든 것이다.

거의 반 토막 난 것이나 마찬가지이다.

에이프릴 증후군과 지나의 대홍수로 인한 글로벌 공급망 붕괴가 직접적인 원인이다.

하여 발생된 극심한 불경기로 인해 주식과 채권 모두 작살났다.

사실 국민연금의 기금 운용은 괜찮았다.

비교적 적시(適時)에 주식을 팔아 치우지지 않았다면 국내 −80%, 해외 −70% 정도였을 것이다.

451.9조 원이 아니라 200조 원 아래로 쪼그라들었을 수도 있었던 것이다.

채권도 마찬가지이다. 재빨리 처분하지 않았다면 개 값도 안 되는 가치만 남았을 것이다.

이사장과 동행한 기금운용본부장 등 수뇌부의 결단 덕분에 이 정도로 그친 것이다.

문제는 손해를 덜 봤다는 것이 아니다.

기금은 무조건 수익을 올려야 한다. 그러지 않으면 조만간 지급불능 사태를 맞이할 수도 있다.

들어올 돈이 100원이면 나갈 돈이 200~300원인 시기가 곧 도래한다.

저출산 기조가 점점 더 심각해지면 들어올 돈이 50원 이하로 줄어들 수도 있다.

이를 해소할 가장 손쉬운 방법은 성공적인 투자로 떼돈 을 버는 것이다.

그런데 문제가 발생되었다. 국내 주식시장이 죽어버렸다.

코스피와 코스닥은 개점휴업 상태가 되었고, 증권거래소는 파리만 날린다.

증권사들도 거래가 없어 대부분 폐업했다. 주식 거래로 돈을 벌고 싶어도 그럴 수 없게 된 것이다.

금감원 조사에 따르면 국내 주식의 97% 이상을 외국인들이 소유하고 있다.

그런데 보유만 할 뿐 매매를 하지 않는다.

개인과 법인으로 구성되어 있는데 모두 0.5% 미만을 소유하고 있어 금감원 등에서 어찌 할 수가 없다.

외국인들에게 강제로 주식을 사고팔라는 지시를 어찌 하겠는가!

궁여지책으로 정부에서 채권을 내놓기는 했는데 은행 등 금융권에서 매입하지 않는다.

워낙 불경기라 세수(稅收)가 왕창 줄어들었다. 게다가 에이프릴 증후군 때문에 민심이 흉흉하다.

사방팔방에서 곡소리가 터져 나오는 시절이니 마땅히 투자할 곳 없어 돈을 움켜쥔 채 추이만 살필 뿐이다.

은행의 주주들은 채권 매입을 자제하라는 신호를 보냈다.

수입이 줄어 그걸 살 돈도 없지만 혹시라도 정부가 부도를 낼까 싶었던 모양이다.

한편, 상장사들은 일제히 부동산 등을 매각했고, 사무실 규모를 줄였다.

비상시기라 판단하고 긴축재정에 돌입한 것이다. 그렇게 해서 마련된 돈은 일단 대출 상환에 사용했다.

은행 입장에선 대출 잔고가 왕창 줄어들어 수입이 격감되었다. 그런데 하필이면 이때 부동산 폭락이 시작되었다.

폭락도 그냥 폭락이 아니다.

전쟁이 벌어지기라도 한 듯 매일매일 뚝뚝 떨어졌다.

부동산 가격이 가장 비쌌던 강남 3구와 분당의 하락폭이 가장 컸다.

이때 모든 은행에 대출금을 회수하라는 지시가 내려갔다.

지분 거의 전부를 대리한 국제변호사는 대출기한 연장을 금지하고, 신규대출은 중단하라는 요구를 했다.

사실상 은행의 주인이 내린 명령이다.

하여 모든 지점에서 부랴부랴 부동산 담보대출 회수에 나섰다. 그런 와중에도 집값은 계속 하락했다.

하여 추가로 담보를 제공하겠다고 해도 대출 연장 없이 곧바로 회수에 나섰다.

이때 매각된 아파트 등은 그나마 웬만한 가격은 되었다. 하락 초기의 일이기 때문이다.

하지만 한도를 꽉꽉 채워 대출해줬던 것들이 많았기에 손실은 발생했다.

그래도 어쩌겠는가! 고객 잘못은 아니다.

하여 은행은 적지 않은 손실을 감수해야 했고, 불만을 품은 고객들의 거래선을 바꾸겠다는 볼멘소리도 들어야 했다.

하지만 개의치 않았다.

부동산 폭락세가 심상치 않았던 때문이다. 이때만 해도 최고점에서 20% 정도 빠졌을 때이다.

시간은 점점 더 흘렀고, 아파트 가격은 훨씬 더 떨어졌다.

어떤 곳은 이전의 10% 수준이 되어버렸다. 강남 3구와 분당의 일부지역이 이에 해당된다.

30억 원짜리 아파트가 3억 원으로 폭락한 것이다. 그나마 매수세가 없어 더 떨어질 것이 우려되는 상황이었다.

보다 못한 은행에서 추가 담보 또는 만기상환을 요구하자 일부 부동산 소유자들은 배째라신공으로 대응했다.

예를 들어, 10억 원을 호가하던 아파트를 담보로 잡히고 8억 원을 대출 받았는데 매매가가 6억 원으로 떨어지자 아파트를 포기하기 시작한 것이다.

이에 은행들은 즉시 퇴거를 요구하는 한편 Y—Property에 매각했다.

이렇게 매입한 아파트 등은 전세나 월세를 살던 사람들에게 임대되었다. 원 소유자에겐 임대하지 않았다.

살던 곳을 떠나며 빚을 청산했다고 희희낙락했던 시간은 그리 길지 않다.

새 거처를 좀처럼 구할 수 없기 때문이다.

시중은행 전부 현수의 소유인지라 작성된 블랙리스트는 Y—Property도 공유한다.

하여 배째라신공을 시전했던 자들에겐 주거지 임대를 해주지 않은 것이다.

결국 도시 외곽의 비닐하우스나 누추한 연립주택의 반지하 정도로 만족해야 했다.

본인들은 모르겠지만 앞으로 대출받기 힘들 것이다.

제2금융권이라 칭하는 저축은행들은 전부 폐업했고, 대부업체나 사채업은 된서리를 맞은 상태이다.

특히 일본계 자금은 모두 철수했는데 얼마 후 보유자금 전부를 잃었다.

한국에서 송금된 직후 계좌에 있던 돈이 몽땅 이체되었던 것이다.

그 즉시 추적에 나섰으나 금방 손을 털어야 했다.

분산되어 송금된 돈은 테러단체와 독재자 그리고 각국 정보기관 등의 계좌로 보내졌던 것이다.

한국에서 이혼을 할 때 배우자의 급여가 얼마인지 알 수 없어 재산분할에 애를 먹는 직장이 있다.

국정원이라 부르는 국가정보원이 그러하다.

직원의 월급이 비공개인 이유는 봉급이 공개되면 직급이 노출되기 때문이다. 이는 국가기밀에 해당된다.

실제로 이혼소송을 진행하던 어떤 여인이 남편의 월급 내역을 구체적으로 공개해달라는 요구를 했다.

이에 대한 국정원의 답변은 아래와 같았다.

국정원 직원들에게 지급되는 수당이나 활동비 등을 공개하라는 것은 예산의 집행내역 일부를 공개하라는 것이다.

국정원 예산은 국회예산심의도 비공개로 이루어지는 등 세부내역이 드러나지 않도록 하고 있어 관련 정보 공개는 입법 취지에 배치된다. 그러므로 공개할 수 없다.

이러니 변호사 아니라 변호사 할배가 와도 국정원 직원의 급여 내역을 알 수 없는 것이다.

참고로, 국정원 직원의 정보를 캐어 이를 밝혀내는 것은 국가보안법 위반이다.

한국이 이런데 미국, 이스라엘, 러시아 등은 오죽하겠는가! 아마 다른 나라도 마찬가지일 것이다.

아무튼 정보기관 계좌로 송금된 돈은 착오송금이 분명하더라도 되돌려 받을 확률이 제로에 수렴한다.

하물며 독재자의 비밀계좌는 어떠하겠는가!

그렇기에 일본의 상당수 자산가들은 졸지에 서민이 되어 길거리에 나앉게 되었다.

한국에서 고리(高利)로 돈 놀이를 하는 동안 여러 사람 눈에서 피눈물 흐르게 하면서 떼돈을 벌어간 대가이다.

아무튼 사라진 자금에 대한 추적은 조용히 끝났다.

한편, 은행을 상대로 배 째라고 했던 자들은 웬만하면 신용카드 사용에 애로 사항이 있을 것이다.

한 번이라도 연체하면 바로 거래 정지되고, 유효기간 만료 즉시 해지된다.

아울러 재발급은 당연히 거절된다.

더럽고 치사하다고 욕을 하며 타 금융기관에서 새 신용카드를 발급받고자 하겠지만 뜻을 이루지 못한다.

시중 은행 전부가 현수의 것이기 때문이다.

다만 상장되지 않아 현수가 매입할 수 없던 산업은행과 수출입은행, 그리고 농협과 우체국은 거래 가능하다.

그래도 신용카드는 어림도 없다.

도로시가 신용평가를 금융거래 부적격자 또는 신용불량자로 매겨놓을 것이기 때문이다.

어쨌거나 금융회사들은 대출금 회수와 동시에 대대적인 구조조정을 실시했다.

수입이 줄어드니 감원하지 않을 수 없었던 것이다.

겉보기엔 이랬지만 실상은 금융계에 박힌 친일파의 후손 및 낙하산 입사자 등을 뽑아내는 작업이었다.

그렇게 해서 각각의 은행은 임직원의 30% 정도가 해고되거나 명예퇴직 하였다.

내친김에 조직에 해가 되는 인성 더러운 것들도 같이 내보낸 것이다.

성희롱, 부하직원 성과 뺏기, 과도한 스트레스 주기 등으로 조직의 화합에 해가 되던 자들이다.

이밖에 본인이 알아서 그만두고 나간 수도 제법 많다.

타고 있던 배가 침몰하는 것 같자 힘을 모아 난관을 헤쳐 나갈 생각은 하지 않고 먼저 하선해버린 인간들이다.

이들의 공통점은 이기적이라는 것과 타 금융사에 취직하지 못한다는 것이다.

퇴직금은 받았지만 마냥 놀고먹을 수 없기에 궁여지책으로 치킨집이나 카페 등을 개업하는 데 이는 패착이다.

그 분야에 대해 제대로 아는 바가 없다면 3년 이내에 50% 이상 망할 것이기 때문이다.

아무튼 국민연금 이사장과 기금운용본부장은 현수를 유심히 바라본다.

현수는 최종금액을 확인하곤 입을 열었다.

"국민연금의 기금이 생각보다 액수가 적네요."

"네, 전염병으로 인해 수출입과 입출국이 제한되는 바람에 너무 많은 손실이 있었습니다."

"라돈사태로 인한 부동산 폭락도 한몫했죠."

"……!"

현수는 대답 대신 고개를 끄덕였다.

"근데 내게 이걸 보여준 이유는요?"

"외람됩니다만 전하께서 주관하고 계시는 Y-인베스트먼트에서 우리 기금을 운용해주셨으면 해서요."

"국민들의 노후를 위한 기금인데 너무 손실이 많았습니다.

이대로 놔두면 조만간 기금이 고갈되어….”

기금운용본부장은 너무나 참담하여 차마 뒷말을 이을 수 없다는 표정이다.

“부탁드립니다. 저희는 자금을 운용할 데가 없습니다.”

국내 증시는 전멸지경이고, 외국 증시 또한 폭락했다. 글로벌 공급망이 깨졌고, 반도체 수급이 중단된 결과이다.

정교하게 맞물려 돌아가던 시계의 톱니바퀴 중 일부가 빠져버렸으니 당연한 일이다.

그 결과 대공황에 버금갈 불경기가 전 세계를 휩쓸고 있는 중이다.

하여 세계 각국의 공적자금들 또한 왕창 쪼그라들었다.

노르웨이국부펀드	-39.7%
네덜란드공적연금	-43.4%
미국캘리포니아공무원연금	-45.2%
캐나다연금투자위원회	-44.6%
일본공적연금펀드	-46.1%
쿠웨이트투자청	-40.8%
아부다비투자청	-39.8%
사우디공공투자펀드	-38.7%
러시아국부펀드	-41.3%
터키국부펀드	-40.5%

사실 국민연금의 −42.4%는 선방한 것이다.

외국과 달리 국내 증권시장이 사라져버려 더 떨어질 여지조차 없게 된 때문이다.

"그걸 왜 내게…?"

"Y—인베스트먼트는 연락처 찾기가 너무 힘듭니다. 저희 조직 전부가 나서서 알아봤지만 알지 못했습니다."

"네! 전하께서 Y—인베스트먼트의 전권을 가지셨다 들었습니다. 그러니 저희 기금을 맡아달라는 말씀을 드리려 찾아왔습니다."

"……!"

기금이 쪼그라든 것은 분명 본인 때문인 것도 있다. 에이프릴 증후군과 라돈 사태로 인한 것이다.

의도치 않았지만 지나의 대홍수 또한 본인의 명령 때문이다. 하여 연기금은 쪼그라들었고, 증시는 개판이 되었다.

한국만 그런 것이 아니다.

전 세계 모든 국가의 연기금이 작살났고, 증시와 채권시장은 난장판이 되었다.

코인과 선물시장은 아예 롤러코스터를 타고 있다. 하루에도 몇 번씩 오르락내리락 하는데 진폭이 너무 크다.

일확천금을 꿈꾸고 달려들었던 사람들 거의 전부 강제 청산이라는 쓰라림을 안고 알거지 신세가 되었다.

물론 이런 상황에서도 돈을 벌기도 한다. 세상에 전혀 알려지지 않은 존재 도로시가 그러하다.

콜옵션과 풋옵션은 주가가 오를 때도 내릴 때도 수익을 거둘 수 있다.

도로시는 발바닥에 사서 어깨가 조금 넘으면 매각한다. 워낙 다루는 액수가 커서 정수리까지 갈 수 없는 것이다.

수만 개의 계좌를 거의 동시에 운용하기에 각국 증시 관계자들은 Y-인베스트먼트였다는 것을 전혀 알지 못한다.

다만 굵직한 하나는 있다. 하인스 킴의 운용계좌이다.

현재 월스트리트의 전문가들은 현수의 계좌를 현미경으로 들여다보듯 하고 있다.

폭락장에서도 거액을 벌어들이는 기적이 일어나고 있기 때문이다.

건국되면 돈 쓸 일이 얼마나 많겠는가! 하여 사람들은 훗날을 위해 돈을 불리고 있다고 생각한다.

아무튼 현수가 내린 명령으로 인해 의도치 않게 국민연금관리공단이 운용하던 기금이 대폭 쪼그라들었다.

고갈시기가 대폭 앞당겨진 것은 보너스이다. 도의적 책임이란 말이 저절로 나올 대목이다.

"액수는 얼마나…?"

"저, 전부를 맡아주셔도 좋습니다."

세계 최고의 투자자이니 당연한 말이다.

하지만 매번 성공적인 투자를 할 수 있는 것은 아니다.

한번 잘못하면 완전한 쪽박이 될 수도 있는 것이 바로 투자이다.

그럼에도 이사장은 절박한 시선으로 바라본다.

현재는 기금을 운용할 곳조차 마땅치 않다.

메인이었던 국내증시가 지리멸렬한 상태이고, 외국 증시는 너무 위험하다.

한국 주식시장의 가격제한폭제도는 전날종가 기준으로 최대 30%까지 오르거나 내릴 수 있다.

만일 전날종가가 1만 원이었다면 상한가는 1만 3,000원이고, 하한가는 7,000원이라는 뜻이다.

그런데 미국과 유럽은 이런 가격 제한폭이 없다.

전날종가가 1만 원이었던 주식이 10만 원 이상이 될 수도 있고, 0원이 될 수도 있는 것이다.

게다가 기금운용본부의 맨 파워는 미국이나 영국의 투자사들보다 간이 작다.

잘못 발을 들여놓았다간 발목은 물론이고 장딴지까지 내주고 물러나야 할 수도 있다.

그렇기에 섣불리 외국 증시나 선물시장에 접근하지 못하고 있는 것이다. 자신감이 대폭 하락한 것도 한몫한다.

1억 원이 있는 사람과 10만 원밖에 남지 않은 사람이 포커를 한다.

전자는 5 트리플, 후자는 10 트리플로 시작이다.

1억 원이 있는 사람은 첫 베팅으로 10만 원짜리 칩을 던져도 부담이 적다.

하지만 10만 원만 남은 사람은 패를 다시 보기를 반복하게 된다.

올 인 했다가 지면 더 이상 판에 낄 수 없는 때문이다.

현재의 국민연금 기금운용본부는 10만 원만 남은 사람이라 할 수 있겠다.

어쨌든 매일 매일 기금이 줄어들고 있다는 보고를 받게 되는데 그 때마다 피가 마르는 듯한 느낌이다.

전 직원이 모여 습관처럼 회의를 거듭하였고, 국민들로부터 여러 제안을 받았지만 해결책은커녕 개선책조차 변변치 않아 답답하기 이를 데 없었다.

오죽하면 일면식도 없는 현수를 찾아왔겠는가!

"나는 외국인인데 기금 전부를 맡기겠다고요?"

"네! 딱 두 배로만 늘려주십시오."

원래 785.5조 원이었을 것이 451.9조 원으로 줄어든 상태이다.

이를 2배로 뻥튀기 하면 903.8조 원이 된다. 원래보다 118조 3,000억 원이 늘어나는 셈이다.

'도로시, 이거 기간 얼마나 걸릴까?'

'흠, 액수가 조금 크기는 하지만 제가 신경 쓰면 사흘이면 충분하죠.'

'사흘에 2배?'

'네! 충분하죠. 시간으로 따지면 62시간 정도일 거예요.'

이틀하고 반나절 안에 세계 각국 증시를 훑겠다는 뜻이다.

'3배로 하는 건 얼마나 걸려?'

'그건 128시간이요.'

무려 903.8조 원이나 벌어들이는 데 불과 5일하고 8시간만 있으면 된다는 뜻이다.

'흐음! 어떻게 할까?'

'뭐 우리 책임이 아주 없는 건 아니니 기분 좋게 한번 해주죠. 건국 후에도 긴밀한 관계를 유지해야할 나라니까요.'

현수는 원래 한국인이다.

정부가 인정해 주지 않아 남아공 국적을 가졌던 것뿐이다.

'에고, 그러자. 그래! 신경 써서 잘 해봐.'

'네! 맡겨만 주세요. 확실하게 해낼게요.'

도로시와 짧은 대화를 마친 현수는 이사장과 기금운용본부장에게 시선을 주었다.

"왕국이 건국되면 한동안 몹시 바쁠 겁니다."

"네, 당연히 그러시겠죠."

"그러니 왕국으로 가기 전까지만 운용하겠습니다."

"아! 네에. 감사합니다. 정말 감사합니다."

둘은 연신 고개를 조아리며 감사를 표했다.

"그런데 내게 기금 운용권을 그냥 넘겨도 되는 겁니까?"

"저희 공단의 상급기관이 보건복지부입니다. 그리고 오늘 방문은 장관님 허락을 받고 온 거구요."

사전에 충분한 논의가 되었었다는 뜻이다.

세계적인 투자자인 하인스 킴이 한국에 머무는 동안 기금 운용을 맡겨보자는 의견은 보건복지부에서 나왔다.

전적으로 국민연금관리공단이 맡고 있지만 기금 고갈에 관한 보도가 있을 때마다 보건복지부도 덩달아 도마에 오른다.

군대로 치면 직속상관이기 때문이다.

하여 소속 공무원들에게 무조건 한 가지 이상 아이디어를 내라는 지시를 내렸다.

그렇게 해서 취합된 의견 중 하나가 '하인스 킴에게 기금운용을 맡겨보면 어떻겠느냐' 는 것이었다.

한국에 있을 때 당부하면 혹시 들어줄지도 모르니 무작정 들이밀어 보는 것도 한 방법이라고 하였다.

아마 밑져야 본전이라는 말도 쓰고 싶었을 것이다.

보건복지부에선 직원들이 낸 의견들을 추리고 또 추렸다.

가장 현실성 있는 것을 고르는 작업을 한 것이다.

최종 낙점된 것은 '기금운용을 하인스 킴에게 맡겨보자' 는 것이다. 진짜 밑져야 본전이라는 심정이었다.

하여 오늘의 방문이 있는 것이다.

사전 문의 없는 방문인지라 문전박대를 당할 수도 있다는 각오를 하고 왔다.

미국 대사도 약속을 정하지 않고 가면 헛걸음 하는 판이니 만나주지 않아도 전혀 부담되지 않는다.

다행히도 알현이 허락되었고, 맛있는 주스도 내주었다.

이사장과 기금운용본부장은 잃을 게 없다. 하여 간절하면서도 당당한 표정으로 바라본다.

"딱 2배만 되면 되는 겁니까?"

"네! 초과되는 금액은 안 주셔도 됩니다."

이건 부족하면 채워서 달라는 말이나 다름없다. 하지만 그런 건 아예 생각지도 않는 모양이다.

두사실력이 너무나 대단하다는 걸 알기 때문이다.

'도로시! 어디를 털 거야?'

'그야 유태자금이 가장 만만하죠.'

돈이 워낙 많은 집단이라 600조 원 정도 빼오면 휘청이긴 하겠지만 무너지지는 않을 것이다.

조금 걱정되기는 하다. 대공황에 버금가게 되면 월스트리트 전체가 폭삭 주저앉는 사태가 빚어질 수도 있다.

900조 원은 결코 적은 금액이 아니기 때문이다. 그런데 그러거나 말거나이다.

외환위기 때 한국 기업들을 사냥한 외국자본들 또한 이쪽

사정을 전혀 봐주지 않았다.

'참! 화교들은 안 털어?'

한 놈만 패면 문제되지 않겠느냐는 뜻이다.

'에고, 그놈들 건 이미 웬만큼 털었어요.'

『전능의 팔찌 2부』 29권에 계속…